PROCURO O HOMEM DA MINHA VIDA

MARIDO JÁ TIVE

DANIELA DI SEGNI

PROCURO O HOMEM DA MINHA VIDA

MARIDO JÁ TIVE

Tradução: Miriam Celli Dyskant

EDITOR
José Nazar

Companhia de Freud
editora

Título Original
Busco al Hombre de Mi Vida

Direitos de edição em língua portuguesa adquiridos pela
Editora Campo Matêmico

Editoração Eletrônica
FA - Editoração Eletrônica

Tradução
Miriam Celli Dyskant

Revisão
Sandra Regina Felgueiras

Editor Responsável
José Nazar

Rio de Janeiro, 2004

FICHA CATALOGRÁFICA

D536p

Di Segni, Daniela
Procuro o homem da minha vida : marido já tive / Daniela Di Segni; tradução Miriam Celli Dyskant. – Rio de Janeiro : Companhia de Freud, 2004.

153 p. ; 23 cm

ISBN 85-85717-60-2

1. Literatura argentina. I. Dyskant, Miriam Celli. II. Título

CD: Ar860.09

Companhia de Freud
editora

Endereço para Correspondência
Rua da Candelária, 86 - 6º andar
Tel.: (21) 2263-3960 • (21) 2263-3891
Centro - Rio de Janeiro
e-mail: ciadefreud@ism.com.br

A Marti, que se foi fora de hora, sem saber
que me ajudava a abrir portas.

A Simonetta, que entendeu tudo
tão bem, mas tão tarde.

Às mulheres que não têm coragem
porque pensam que é muito difícil.

Aos homens que nos ensinam tanto
sem se darem conta.

ÍNDICE

EPÍLOGO

AGRADECIMENTOS

A Marcelo, a Gabriel e Mariela. Porque nunca me censuraram e porque procuraram tornar tudo mais fácil.

A minha família, que festejou os bons momentos e jamais falhou nos maus momentos.

A minhas amigas do peito (elas sabem de quem se trata...). Porque sem elas uma parte deste caminho teria sido muito difícil e porque me escutaram e me deram bronca quando precisei.

A todos os Carlos da minha vida: os amigos que tiveram coragem para abrir seus corações (eles sabem de quem se trata...) para me contar como são as coisas "do outro lado" e aos que procuraram me ajudar nos momentos difíceis (eles também sabem de quem se trata...).

Ao inesquecível Carlos, porque me fez muito bem, depois de quarenta anos, pensar que as canções de Sandro e Cortés* possam ser verdadeiras.

A Hilda, Mercedes e Nora, pacientes leitoras dos meus manuscritos.

* Cantores românticos argentinos. (NT)

PRÓLOGO

"A verdade nunca é triste.
Não tem é remédio".*
Joan Manuel Serrat

Vivi ao largo por uns dias.
Outros sem saber
onde estava o horizonte
Escondi-me atrás das portas,
das árvores, das janelas.
Procurei algumas coisas
sem saber porque sentia falta delas.
Senti-me culpada,
inútil,
demasiadamente jovem,
ou demasiadamente velha.
Desfrutei de algumas flores
e perdi muitos amanheceres.
Ao final, numa manhã,
contei minhas rugas,
uma por uma,
e decidi viver**.

* Nunca es triste la verdad. Lo que no tiene es remedio.

** He vivido unos días de costado./Otros sin saber/ dónde estaba el horizonte/ Me escondí detrás de las puertas,/ de los árboles, de las ventanas. / Busqué algunas cosas / sin saber por qué las anõraba. /Me sentí culpable,/

Comecemos

Estive casada por muitos anos, mais de trinta; por isso procuro o homem da minha vida, não um marido.

A maioria das mulheres que conheço entenderia este raciocínio sem muitas dificuldades. A origem da gravidade do problema está no fato de que são os homens que não entendem. Sendo assim, neste ponto surge um de nossos grandes desencontros.

Estado civil?

Se neste momento me perguntassem qual é meu estado civil, a descrição mais adequada seria: *divorciada "entre namorados"**. Ainda que a palavra *namorado* me soe como passado mais-que-perfeito. Não nos enganemos, já tive quatorze anos, a idade de Julieta**, há muito tempo.

Deve ser um parceiro o que procuro. Parceiro? A palavra supõe paridade e eu não sei se agüentaria alguém como eu. Não obstante, dediquei muitas horas de análise a este tema para chegar à conclusão de que o que mais se aproxima do que eu busco é um companheiro que não more junto. A dificuldade prática é que os voluntários estão escassos.

---

inútil, /demasiado joven,/ o demasiado vieja./ Disfruté algunas flores/ y perdí muchos amaneceres./ Al final, una mañana,/ conté mis arrugas,/ una por una/ y decidí vivir

* Estar "entre namorados" [*entre novios*]: significa estar numa espécie de entressafra de namorados. Ressalte-se que esta expressão também pode implicar uma expectativa, dado que se refere a uma situação, como é o caso da autora, em que se terminou com um namorado e espera-se encontrar outro, daí o que é esclarecido na frase seguinte. (NT)

** Personagem da peça "Romeu e Julieta", de Shakespeare. (NT)

Para tudo há uma primeira vez

Para escrever este livro também.

Como aquela tarde em que, enquanto tomava café com uma amiga, senti que tinha que contar isso. Para ajudar, para que se soubesse como são as coisas. Ou para desabafar. Ou para fofocar. Não sei. Quem sabe por tudo isso ao mesmo tempo.

Ou seja, a idéia é generosa. Não guardo para mim a experiência como o endereço daquela costureira boa e barata que mora perto de casa ou a dica de um cabeleireiro que sempre acerta no corte. De forma alguma, trata-se de compartilhar e de difundir isso. Para que os amigos, os rapazes, os homens, os "bebezões" saibam que há muito tempo os observamos e que, enfim!, começamos a entender seus códigos.

O sol sempre aparece

E a claridade costuma chegar depois da mais intensa escuridão.

Nessa manhã da primeira semana de março tudo ficou imediatamente claro. Se fosse crente, religiosa ou mística, diria que tive uma revelação divina. Como sou atéia, agnóstica ferrenha, creio que o que tive foi uma tremenda intuição, um diálogo comigo mesma ou com meu guru interior, como se costuma dizer nestes dias de *New Age* e pós-modernidade. Sei que neste dia minha vida mudou para sempre depois do momento em que pensei: "Se continuar assim mais um dia ficarei doente e morrerei".

Desde então passei por muitas situações diferentes; tive grandes alegrias e enormes dores. Mas prossigo acreditando que as crises/oportunidades são momentos que a vida nos oferece para as grandes aprendizagens. Desde então tenho mais claro onde estão o sofrimento e a felicidade e posso medi-los com medidas diferentes. Sei o que estão querendo dizer quando falam disso porque estive ali.

Ocorre, também, que provenho de uma família de sabichões e suicidas que me incutiram o poder de observação e de análise. Isto não deixa de ser uma desgraça, porque se vive muito melhor sem estes dons, mas, já que os tenho, decidi aproveitá-los.

Finalmente, a esta altura da minha vida, tal como a maior parte das mulheres da minha geração, já cumpri com o que me foi determinado.

OI, VOCÊ ESTÁ ENTENDENDO?

Agrada-me iniciar este livro pensando que do outro lado há alguém que me lê, um interlocutor ou interlocutora a quem posso me dirigir.

Em dias de bom humor tendo a pensar que há inúmeras pessoas interessadas em compartilhar o que escrevo. Outras vezes, faço comparações e começo a me sentir péssima. Porque me convenço de que todas as outras pessoas estão melhor do que eu, que eu sou a única que não consegue arrumar um cara normal (seja lá o que isso signifique neste momento) e então me parece que não vai interessar a ninguém o que relato aqui. Vítima da minha profunda honestidade, devo confessar que também gosto de causar inveja, o que me deixa envaidecida por uns tempos, desses que não são abundantes, em que me sinto acompanhada de um deus.

É DA VIDA QUE SE TRATA

Para que este prólogo fosse completo deveria anunciar tudo. Pois bem, resumamos: trata-se da vida. Aqui, em Buenos Aires, à beira do Rio da Prata, em meados do ano 2000, numa sociedade que rompeu com quase todos os esquemas, mas que ainda não se dispôs a juntar os pedaços.

Como meu otimismo natural me impede de ser pessimista, não me conformo em deixar de sonhar. Mesmo depois de tantas idas e vindas, espero encontrar, ou ser encontrada por este homem do terceiro tipo que Clara Coria[1] jura que existe. Aquele que vai me amar e me respeitar e deixar que eu seja eu mesma, do jeito que eu sou.

Mas também sou de Peixes e sonhadora, o que me leva a esperar que este mesmo homem algum dia me chame pelos alto-falantes de um aeroporto para me dizer que me ama ou que me cubra a cama de rosas e queira fazer amor no tapete. Reconheço que posso ter assistido a muitos filmes, mas um de meus mantras preferidos quando me canso do *om* é "existe e vai chegar".

Resta eu prestar dois esclarecimentos: o primeiro, que estas páginas estão sendo narradas na primeira pessoa porque me pareceu mais direto, aproxima mais. E, ainda que declare publicamente que nem tudo que estou contando se passou estritamente comigo, a maior parte do que foi relatado ou tem a ver comigo ou resultou de minha própria observação. O resto provém de fontes fidedignas (que não me sinto obrigada a revelar) e deve ser tomado como rigorosamente verdadeiro.

---

1 *Los laberintos del éxito*, Clara Coria, Ed. Paidós, Buenos Aires, 1992.

O segundo: eu falo, logicamente, a partir da minha idade e da minha experiência, quando já se passou, como é público e notório, meio século. Tenho que dizer que me causa horror ter compartilhado experiências com meninas de vinte e cinco e trinta e cinco anos com as quais se passou a mesma coisa. Doeu-me, particularmente, escutar seus desencontros numa idade em que a vida deveria ser como uma valsa.

Espero, sinceramente, que este livro, com o qual às vezes consigo rir de mim mesma e de tantas situações difíceis, cumpra com a sua finalidade: fazer muitas outras pessoas rirem.

Buenos Aires, agosto de 2000

Capítulo I
Qual é a situação?
(Ou seja, o aqui e agora)

Há dias em que minha vida
é regida pelas regras
da física quântica.
E definitivamente tudo
parece tender ao possível caos.
Então toco em minhas feridas
e teimo em sentir a dor
do enorme peso da vida
caindo sobre meus pobres
e cansados ossos.

Em outros dias,
quando um sol descarado
banha as árvores floridas,
meu agnosticismo vacila
e suspeito que alguém,
em algum lugar,
lá em cima,
sorri para mim.

Então meu pequeno
broto místico

floresce, forte e rosado
como mais uma árvore florida*

QUAL É A SITUAÇÃO? SIM, QUAL É?

Para você, às vezes parece que acabaram os homens? Bem, para mim também. Porque os vejo passar pela rua, mas com outras mulheres. Ou passam sozinhos e não me olham, ou me olham e dizem coisas, mas não vêm até mim. Uma amiga minha diz que, freqüentemente, sente-se transparente para todos menos para ela mesma.

Entende o que quero dizer?

* Algunos días mi vida/ se rige por las reglas/ de la física cuántica./ Y definitivamente todo/ parece tender al caos posible./ Entonces lamo mis heridas/ y me empeño en sentir el dolor/ del enorme peso de la vida/ cayendo sobre mis pobres/ y cansados huesos./ Otros días,/ cuando un sol descarado/baña los lapachos,/ mi agnosticismo trastabilla/ y creo sospechar que alguien,/ en algún lugar,/ desde arriba,/ me sonríe./ Entonces mi pequeño/ brote místico/ florece, fuerte y rosado/ como un lapacho más*.

A verdadeira situação é que cada vez há mais pessoas que não têm parceiro. Mulheres (e homens) que sentem, como Bonnie Tyler*, "um eclipse total do coração".

É difícil. O mercado está em retração. Há muito mais meninas que meninos.

"Por quê[2], pergunta-me Carlota, "se se supõe que nasça mais ou menos o mesmo número de homens e mulheres?".

"Ainda não sei", respondo.

Divórcio. A origem da espécie

É difícil saber onde começa um processo de divórcio, mas é fácil entender que essa situação dá origem ao personagem principal deste livro: a divorciada. Que junto com as viúvas, as separadas e as solteiras forma essa massa que parece ocupar todos os lugares aos quais se vai, em grupo de dois, três ou mais espécimes.

Há pouco tempo me propus organizar fotos antigas. Dentre elas, algumas já amareladas, encontrei as da adolescência, essa fase exageradamente enaltecida. Fez-me bem regressar por um momento aos anos em que minha alma não tinha tantos machucados, remendos ou meias-solas, aos dias em que sonhar era possível e em que tudo podia parecer muito difícil, mas nunca impossível.

Se observamos com cuidado a fotografia da festa de formatura do quinto ano do Liceu, com seu *passe-partout* fora de moda e

---

* Cantora de rock britânica. (NT)

2 Vejo-me obrigada a esclarecer que Carlota é alguém a quem não posso controlar. Teima em aparecer de vez em quando para discutir o que escrevo. Acredito que mora dentro de meu computador, não sei bem por que se chama Carlota. Resignei-me a conviver com ela porque, apesar de discutir e criticar, traz contribuições.

desbotado, vê-se algo muito claramente: os vestidos de festa que usávamos ressaltavam nitidamente nossos diferentes graus de maturidade. E a embaçada foto em preto e branco mostra sem constrangimentos que nesta tarde de novembro, no final dos anos cinqüenta, os olhares de algumas moças prometiam muito e os de outras nada. Quase todas nós seguimos as regras. Correspondemos às expectativas, aos planos familiares, ao que nos parecia ter que ser feito, ao que supúnhamos ser o esperado de nós e também aos fracassos. Assim era a coisa naqueles tempos.

Anos depois, em algum momento não totalmente claro, algo talhou como maionese mal batida. E, vítimas das sacudidelas existenciais dos anos sessenta e setenta, começamos a reformular a vida. A querer sermos nós mesmas e não um monte de regras obedecidas sem discussão. E começamos a ver que as coisas não eram nem como nos haviam prometido nem como havíamos esperado. Que os sonhos haviam partido numa direção diferente de nossas realidades.

Os casais mudaram e entraram em crise e a partir dos anos oitenta o divórcio adquiriu características de epidemia.

E chegou o dia em que o vírus também atacou você. Sim, você que acreditava ter se casado para sempre e que sem dúvida esbarrou com algo que havia mudado sem aviso prévio. Tudo que até pouco tempo lhe dava segurança não existia mais no reino da realidade. O amanhã se transformava numa incógnita parecendo entrar em vigência as regras do Reino do Avesso[3].

Lamentavelmente, às vezes o divórcio é a única alternativa.

DIVÓRCIO. A ÚNICA ALTERNATIVA?

Os homens vão embora sem dizer adeus. As mulheres dizem adeus e não se vão para proteger o lar.
Almodóvar

Sim, às vezes não resta outra. Sobretudo quando você sente, como a maioria das mulheres que chegam a este ponto, que jogaram você contra as cordas de um ringue (para usar a linguagem deles), round após round, esperando que fosse você a tomar a decisão. As causas podem ser tantas quanto as pessoas. Mas, basicamente, se reduzem a duas ou três, a saber:

- Casaram-se muito jovens e cresceram em direções diferentes.
- Você buscou independência intelectual ou econômica e o Otelo de formação machista militante, por quem você se apaixonou anos atrás, não tolerou.

---

3 El Reino del Revés, *Las canciones*, Maria Elena Walsh, Seix Barral, Buenos Aires, 1996.

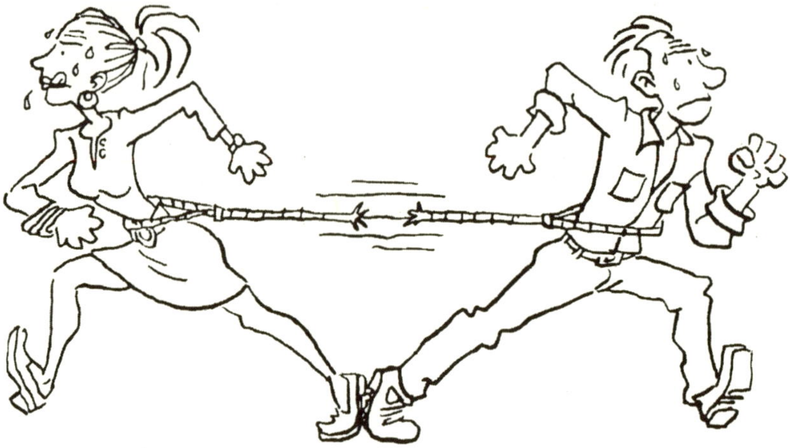

- Você obteve sucesso em alguma atividade e esse homem, que parecia gostar tanto de você desde que não fosse ninguém e ficasse em casa cuidando do lar, em vez de admirar você e ficar feliz compartilhando seu sucesso, decidiu que não podia abster-se de competir com você. Então, possivelmente sem querer, começou a boicotar tudo o que você fazia para se assegurar de que ninguém, ninguém neste mundo, pudesse chegar a pensar que você era mais capaz do que ele.
- Você ficou em casa, como esposa e mãe, conforme ele pediu há muito anos, para fundar uma família sólida com a mãe presente. E deixou você porque "você é muito limitada, se acomodou e não o acompanhou em seu crescimento".
- Você não é a mesma, tem outros interesses e necessidades ou mais auto-estima e segurança. Ele continuou igual.

Curiosamente estes mesmos homens desmaiam de dor e de susto quando um dia você diz "basta!" e decide se divorciar para salvar sua integridade física e emocional.

"Somente algumas é que tomam essa decisão, não é?", pergunta Carlota.

"Sim, e o importante é ver como se sai dessa experiência sem se envenenar nem cair no clichê da vítima", respondo eu em tom de sabedoria.

Sempre lembro, porque me ajudou muito, do que me escreveu uma amiga que vive nos Estados Unidos e se divorciou alguns anos antes de mim. "Olha", dizia numa carta, "de agora em diante você vai ter dias bons e ruins, grandes alegrias e momentos em que vai pensar: por que me meti nisto? Em alguns momentos vai parecer que não valeu a pena, mas o que você vai sentir a cada minuto é o alívio de não ter mais este tucano bicando a sua nuca o tempo todo".

Também me respaldou o comentário de um vizinho que, logo depois de me conhecer, simplesmente me disse de cara: "Parece que são sempre as mulheres que têm as bolas quando se trata de definir a situação".

É, parece que sim.

Tradicionalmente, minha geração, essa que foi educada para olhar para frente e para entrar na fila na escola, aprendeu que as meninas tinham bumbum e os meninos "pinto". "Bolas" na realidade ambos não tínhamos. Mais tarde acreditávamos, inocentes, que as "bolas" eram um atributo que integrava com exclusividade o time masculino. Pelo menos as que eram vistas.

Mas parece que em alguma parte da evolução da espécie nós também as adquirimos, ainda que estivessem ocultas. Ou nós tivemos que pô-las de molho por falta de uso do outro integrante do casal.

Muitos anos depois, e não necessariamente diante de um pelotão de fuzilamento como o coronel Aureliano Buendía, nos lembramos do dia em que nos ensinaram que os homens tinham pinto. Constatamos através de diversos meios que, às vezes, os meninos grandes continuavam conservando-o. Acontece que para tanto já estávamos fuziladas e não lembrávamos mais do dia em que nos haviam levado para conhecer o gelo[4]. O que se passou foi que muitas de nós viveram cem anos de solidão, de qualquer maneira.

"Ou seja, que ao final nos demos conta, nos colocamos as bolas e nos divorciamos já está claro", resume Carlota.
"Isso", respondo. (Ainda que não esteja muito claro).

Num balanço honesto, o divórcio tem seus aspectos positivos, apesar da dor, das mudanças, dos meses se atrapalhando com as chaves de luz, as torneiras e os interruptores da cozinha. De procurar caixas de ferramentas e tomadas que não existem mais. Também, depois de muitos ataques de desespero, de cuidarmos de nossos filhos (parcialmente ou totalmente) e de assumir a responsabilidade de nossas vidas de maneira total e absoluta.

NOTA:

Por questões elementares de discrição, privacidade e segurança, todos os homens citados nestas páginas se chamam Carlos, um dos nomes mais comuns. E as mulheres, quando precisam de um nome, Marta, pelo mesmo motivo.

[4] "Muitos anos depois, diante do pelotão de fuzilamento, o coronel Aureliano Buendía havia de recordar aquela tarde remota em que seu pai o levou para conhecer o gelo". Primeiras linhas de *Cem anos de Solidão*, Gabriel García Márquez, Ed. Sudamericana, 1974.

"Deveria dizer de maneira holística, soa mais moderno", intromete-se Carlota.

"Bem, depois eu mudo", digo-lhe.

Relato quase textual de Marta:

"Desde que me separei falo sozinha o dia todo. Já tinha tido crises com a balança, de depressão ou de cansaço, mas nunca, até agora, uma de alívio e de felicidade.

Tenho uma secretária eletrônica, mas não sei usá-la, uma máquina de lavar roupa desligada e não consigo encontrar nada nos manuais, mas sei que os ganchos auto-adesivos que uso estão onde eu preciso. Estou me dando conta de que algo novo está começando, não quero que a mariposa fugaz escape".

Que fique claro. Estas páginas são dirigidas às mulheres que estão sozinhas por decisão própria ou de outrem, irrevogável ou não. Resta expor ainda que, teoricamente, não é a mesma coisa decidir ficar sozinha e ser deixada. Assim como não é a mesma coisa ganhar uma guerra e perdê-la, porque neste campo de batalha, como disse Wellington, "nada, com exceção de uma derrota, é tão melancólico quanto uma vitória".

Por que sim, por que não?

Para um grande número de mulheres parece mais fácil explicar por que não se divorciam do que por que o fariam. Depois de falar com várias amigas reconheço que entendo, do fundo do meu coração, aquelas que não têm coragem de tomar esta decisão. Não é fácil, ainda que muitas mulheres saibam, se são honestas consigo mesmas, que o lugar onde estão mais sozinhas é num casamento ruim. Então se acomodam por medo de ficarem sozinhas. Um verdadeiro *oxímoron*[5], não?

---

[5] *Oxímoron*, palavra ou frase que contém uma contradição. Exemplo conhecido e claríssimo: "Estou te deixando porque te amo muito". O conceito me agrada.

Há "bons" divórcios também, mas todos nós sabemos que são poucos, e os que deixam as piores impressões são os outros, os que inspiraram "A guerra dos Roses"[6].

Seja como for, qualquer um dos dois é bom para saber se você cultivou flores ou pedras ao longo da vida. É mais, é uma situação em que cada um dos integrantes do casal fica fatal e inevitavelmente com o que semeou. Talvez seja redundante esclarecer os detalhes, mas a colheita inclui os filhos, a família, a família política e os amigos.

Carta a um ex-marido

Querido Carlos:

Sim, ainda e apesar de tudo, querido. Porque, felizmente, posso continuar a ter carinho por alguns momentos que tive com você ajudada pela seleção natural da memória, que faz com que à distância tudo pareça menos ruim.

Não vou dizer que sinto saudade. Não. Não é para tanto. Pior ainda, creio que não senti saudade nunca porque o alívio foi superior a qualquer sentimento possível. Ainda que não acredite, por vezes senti que tinha esquecido você por completo, como se nunca tivesse feito parte da minha vida.

Que extraordinário, depois de mais de vinte anos de casamento, de duas filhas e de um filho! Depois de tantas refeições à mesma mesa, de tantos momentos bons e ruins. Curiosos esses mecanismos que a mente utiliza para nos proteger!

Agora, passado um par de anos, posso ver que certas situações eram realmente engraçadas. Por exemplo, sua aparente total inca-

[6] Filme norte-americano protagonizado por Kathleen Turner e Michael Douglas.

pacidade para as tarefas domésticas. Levei muito tempo para entender que era puro exercício de esperteza para conseguir que eu me ocupasse de tudo o que lhe incomodava fazer. Quando me dei conta, já era tarde; tinha me imbuído, primeiro sem notar e depois com orgulho, do papel de gênio capaz de solucionar tudo.

Você se lembra de quando eu lhe dizia que para pregar um quadro era necessário um profissional e não um ajudante?

"Apanha o martelo, me traz o alicate, me passa o metro, segura direito, segura os pregos". Você se lembra?

E os churrascos "executivos", como costumava chamá-los?

"Vou preparar um churrasco!", você anunciava tranqüilamente. E a partir dali a lista de instruções teria sido suficiente para montar uma estratégia de guerra nas colinas de Golan. "Convide fulano e sicrano. Comprou carvão, onde está a lenha? Me traz os jornais, tira a carne do freezer, apanha o vinho. As saladas estão prontas, conferiu as cadeiras, comprou bastante pão?". Para que prosseguir? A cerimônia terminava sempre com um pedido seu de aplauso para

o churrasqueiro, enquanto eu servia a sobremesa e ficava bolando uma carta para ser enviada à assembléia legislativa pedindo que se instaurasse o aplauso para a esposa do churrasqueiro.

Você tinha um dom especial, convenhamos, caracteristicamente masculino, para fazer qualquer coisa a partir de uma posição de diretor técnico alheio às possibilidades dos simples mortais (como eu, evidentemente). Uma indubitável "síndrome do rei", com aquela sua cantilena de "tem que, tem que".

Isso costumava disparar algumas reações minhas descontroladas. Porque eu trabalhava a semana toda como você e, além disso, ocupava-me da roupa das meninas e dos jogos de futebol do menino, da comida e do resto dos, justamente vilipendiados porque são cansativos, afazeres domésticos. Também procurava manter a todo custo o bom humor diante de suas constantes críticas.

Todo um tema, o das críticas. Lembra quando de brincadeira pedia a você para se inscrever em Harvard porque certamente iriam lhe conceder um Master Summa cum Laude em Crítica Doméstica?

Somente muito mais tarde me dei conta de que tanta crítica advinha de uma profunda insatisfação sua, interna e profunda, que fazia com que se entretivesse buscando inexistentes fios de cabelo em todos os pratos de sopa.

Muito tarde também entendi que esta atitude sua, que, por outro lado, contribuiu em boa parte para a destruição de nosso casamento, beneficiou-me. Porque me transformou numa espécie de paradigma da excelência e da eficácia. Tom Peters[7] teria ficado encantado comigo se tivesse me conhecido.

---

7 Autor de *Em busca da excelência*, Ed. Norma, Buenos Aires, 1984.

E os meninos. Tantas vezes pedi a você que participasse de suas vidas, só porque me parecia que ser um bom pai era algo mais do que pagar as contas. Não acredito que estivesse equivocada quando percebia que as meninas se sentiam orgulhosas por andarem na rua de braços dados com o pai, que Carlinhos necessitava de muito mais momentos somente entre homens. Para ser honesta, acredito também que não foi somente culpa sua. Você foi, como tantos outros, vítima de uma educação perversa que considerou durante muito tempo os filhos um objeto de uso exclusivo das mães. A minha crítica é por não ter me escutado quando avisei a você. Possivelmente não tivesse que reconhecer, anos depois, que havia perdido a infância e a adolescência dos meninos.

Você não imagina como pode ser cansativo ter razão e se sentir a Pitonisa ou o Oráculo de Delfos.

Asseguro a você que não queria que isto parecesse uma cobrança depois de tanto tempo, ainda mais quando nós dois já refizemos nossas vidas e somos felizes por nossa própria conta.

Mas também certamente que muitas vezes me doeu que tivéssemos terminado um casamento de tanto anos de maneira tão cruel. "Nunca cortes o que pode ser desatado", diz um refrão não sei onde. Podíamos ter desatado nossas vidas sem nos lastimar tanto.

Hoje, inevitavelmente, pergunto-me se você não estaria perdoando em sua atual parceira tudo o que irritava tanto, incomodava tanto em mim. Se irá criticá-la quando vestir saias muito curtas e blusas decotadas (pelo que eu mesma observei não parece ser este o caso...); se ficará observando-a quando sair feito uma deusa para lhe dizer "estas calças te deixam gorda". Se irá querer fazer amor com ela depois de tê-la levado à beira de um ataque de nervos com suas desvalorizações. E se se ofenderá caso não aceite.

Não, não acredito. Estou muito segura de que você já não olha tudo através de uma lupa. Porque tem medo de voltar a fracassar, porque se vê velho e cansado ou porque, simplesmente, aprendeu algo com tudo isto. Como eu, que aprendi a rir de mim mesma.

Marta.

"Diga-me a verdade, você nunca pensou em chamar sua amiga que a apresentou ao seu ex para pedir-lhe indenização ou processá-la por perdas e danos?".

Capítulo II
Uma nova etapa
(Agora vem a festa)

Bem, acabou, doeu, mas, acabou. Você saiu mais ou menos inteira desta experiência.

Está sozinha, pode pendurar tranqüilamente as calcinhas na torneira da banheira, ninguém vai reclamar, mas não quer continuar assim para sempre. A primeira coisa que nota é que os homens separados estão mais tristes e as mulheres mais aliviadas.

Encontra-se com um amigo de muitos anos:

"Como vai?", ele pergunta.
"Como se pode estar depois de um terremoto, um tornado e uma inundação... juntos?", você pergunta.
"Mas você parece bem...", ele diz.
"Bem, só me faltava essa, passar por tudo isso para ficar pior", você responde enquanto se afasta.

Um dia você se sente uma deusa e decide voltar à ativa.

Imediatamente se dá conta de que não sabe onde encontrar isso que vulgarmente é chamado de "um cara". Percebe que terá que entrar de cabeça na busca por soluções, mas não sabe por onde começar.

Ou seja, parece que não há homens dando sopa por aí. E ainda por cima não sabemos onde estão os que existem. Então, onde encontramos nossa suposta cara-metade?

Mãos à obra, saiamos para procurar.

Ainda por cima, não acreditam em você

Nesse momento transcendental convém a você saber que, ainda que demore seis meses ou mais para conhecer um cara novo, aqueles que a rodeiam tenderão a não acreditar em você. Isto se deve, geralmente, ao fato de as mulheres casadas acreditarem cegamente que as que estão sozinhas se divertem tudo o que elas não podem. Ou simplesmente pensam que "alguém como você deve estar rodeada de homens". E o que você vai lhes dizer se elas têm tão pouca noção da realidade? Que está rodeada de homens que ou são casados ou não olham para você?

Como sua atual situação permite considerar todos os que aparecem como possíveis pretendentes, coloque o sinal vermelho porque convém olhá-los com a lupa da experiência. Tecnicamente falando, todos são mercadoria sujeita a inspeção e revisão. E olho vivo, porque tem circulado por aí bastante mercadoria falsificada que deveria ser retirada de circulação.

Então, a primeiríssima coisa que tem que aprender é a distinguir um homem solteiro de um casado. Aviso a você que é muito difícil reconhecê-los porque são muito espertos. Uma amiga minha saiu várias vezes com um homem casado sem se dar conta.

Como não existe um sistema de detecção perfeito, não foi criado ainda, e tampouco trazemos já de fábrica algo parecido, uma coisa que pode ajudar você a atenuar as experiências ruins é recorrer a Intuição I e II.

Algumas premissas, vários conselhos

Não queremos homens casados porque isso já tivemos e porque não somos partidárias de "destruir" lares alheios. E porque queremos desfrutar de nossa liberdade de e para, como diria Erich Fromm[8]. E porque sempre foi melhor investimento a propriedade horizontal que o tempo compartilhado.

"Bom raciocínio", pontua Carlota.
"Obrigada", respondo, "se você quiser eu lhe empresto, já usei".

Eu não me atrevo a julgar ninguém, ainda mais agora que parece ter sido demonstrado cientificamente que o adultério causa estresse nos homens e melhora a pele e o aspecto das mulheres. Mas fique de olho, porque é muito cômodo (para ele, claro) ele ser casado e você não. Ele com o melhor dos

---

8 *El miedo a la libertad*, Erich Fromm, Ed. Paidós, Buenos Aires, 1998.

dois mundos, uma mulher para amá-lo e outra para pregar-lhe os botões, como diria Gabo[9]. E você sem nada dos dois. E além disso, como no seu caso não seria adultério, nem sequer vai melhorar a sua pele.

Por favor, leia com atenção a seguinte dica:

SUCINTAS INSTRUÇÕES PRÉVIAS AO USO DAS DICAS

Para evitar situações incômodas e difíceis de explicar nunca as deixe à vista de um possível pretendente, por exemplo num restaurante, no seu carro ou na cama com ele. (Na cama *sem ele* pode estudá-las)

DICA Nº 1, QUASE IMPRESCINDÍVEL, COM CONSELHOS PARA VOCÊ SAIR BEM PREPARADA

1. Perguntar de cara, olhando nos olhos deles: "Você é casado?". Esta técnica frontal, aplicada dois minutos após conhecê-los, deixa-os tão desconcertados que geralmente dizem a verdade. Nem sempre, claro. A mim responderam "não", "sou viúvo", "estou separado há quinze anos", "estou muito mal com minha mulher", "nesse momento sim" (?). Estas respostas fazem parte do léxico familiar daqueles homens casados que ficam cantando outras mulheres. Com o tempo você vai agradecer àqueles que te dizem simplesmente "sim". Para que possa decidir por você mesma se vai prosseguir ou não. De qualquer forma aconselho lembrar do provérbio alemão que diz que "a falta de resposta é uma resposta". Se ele hesita, não hesite você.

---

9 *El amor en los tiempos del cólera*, Gabriel García Márquez, Ed. Sudamericana, Buenos Aires, 1985.

2. A segunda prova é aceitar um convite. Mas para o sábado à noite ou domingo ao meio-dia. Dizem "bom, te ligo para combinar" e não ligam nunca mais porque estes são os horários em que passeiam com a legítima esposa, comumente apelidada por eles de "a bruxa".

3. Observar se usam aliança. É um treinamento. Eu, por exemplo, preciso de óculos para perto, para longe e para meia distância. Não vejo nada sem pôr as lentes de contato, mas vejo o anel de casado a dois quarteirões, antes de poder dizer se são bons moços ou não. A experiência diz que se usam aliança certamente são casados, mas se não a usam não há nenhuma garantia, porque uma boa metade dos homens casados a tiram, com a desculpa de que "engordei e ficou apertada", ou "me incomoda na hora de jogar tênis". Eu juro que vi um tirá-la enquanto me acariciava no carro.

"Por que será que as mulheres não fazem isto?", pergunta Carlota.

"Porque com a aliança ficamos muito mais atraentes", respondo, lógica.

4. Observar atentamente o cachorro. Este indicador é quase infalível. Nenhum homem solteiro fica passeando com um cachorro pequinês com dois laçarotes azuis, nem com um basset de coleira colorida, nem um poodle vestido com um coletezinho cor de rosa. Eles, os livres, puxam *huskies*, pastores alemães e belgas e *weimaraners*. Ficou claro o simbolismo? Não confie mesmo que esteja com coleira do Boca, porque isso, quando muito, significa que a mulher o deixou decidir a coleira e não o cachorro. Mais uma coisa: ainda que seja solteiro, se tem um *doberman*, um *rottweiler* ou um *buldogue* argentino (cachorros muito agressivos que não soltam quando mordem e são capazes de atacar seus donos), é muito diferente de um outro solteiro que seja possuidor de um pastor irlandês ou *cocker spaniel*. Entendeu a mensagem?

5. O carro. Se dirige uma 4x4 de cinco lugares com o vidro de trás cheio de adesivos, é porque tem no mínimo uma mulher e três ou quatro filhos. Não acredite no argumento de que a comprou para ir caçar javalis com os amigos. Admitamos que as 4x4 se prestam a confusões e que há menos possibilidade de erro com um carro de tamanho tradicional.

6. A bicicleta. Você não vai acreditar realmente que esse bom moço numa bicicleta lilás com cesto seja solteiro, não é? Eles andam em *mountain bikes* prateadas e com capacete, cantil e vestidos com bermuda de ciclista porque acreditam que os rejuvenesce.

7. As compras de supermercado podem ser um bom indicador. Um carrinho com whisky, champagne, água mineral, salaminhos e queijos raros é um índice seguro de solteirice. Muito champagne e chocolate é quase garantia de que há alguma mulher a ponto de cair em suas garras. Fruta, verdura e cereais podem ser tanto um indício de que, agora que se separou, quer deixar de fumar e começar uma vida nova mais saudável, quanto de uma constipação.

8. Tem cara de casado? Então é casado.

Posso garantir que com o tempo você vai passar pelo mesmo que eu. Você não vai precisar mais perguntar. Vai reconhecer um homem casado logo de cara. Diante de um olhar afiado, até o menor gesto pode delatá-los. Ao que se acrescenta a vantagem de que a uma certa idade todos nós temos a cara que merecemos. Eles também.

Aqui convém lembrar o que Marta disse: "Eles são meninões de calças compridas e brincam, brincam, brincam. Freqüentemente também mentem, mentem, mentem".

"Às vezes, mentir é uma forma muito complicada de dizer *te amo*", acrescenta Carlota.

"Pode ser", replico. "Eles têm tendência a ser eternamente crianças. Ou, talvez, eternamente filhos".

Rogo que confie na profundidade da análise inicial, ainda que me veja obrigada a confessar que deixei a carreira de sociologia pela metade.

De qualquer forma, ainda que você tome todas as precauções e decore a dica nº 1, é provável que escape alguma coisa de vez em quando. Neste caso, é bem possível que escute vários chavões.

"Me diga uma coisa, essa cadeirinha que está no banco de trás é a que sua ex-namorada usava?".

Lista bastante resumida das habituais frases poéticas dos homens que enganam as mulheres

Ou seja, os homens que querem ter, com toda a comodidade, o melhor dos dois mundos.

- "Você é meu sol, ela é minha lua". A resposta adequada a este conceito repetido com freqüência por aquele que pertence à categoria de hipócrita-mor é: "Ah! ah! ah! A mim você não engana!".
- "Você não sabe como estou sofrendo. Parece drama de novela, vivo muito mal, há muitos anos que não acontece nada". Este será o argumento do chorão/patético. A resposta adequada é: "Bem, pode contar com toda a minha compaixão, me chame quando tiver resolvido tudo".
- "É a mãe dos meus filhos e não vou me separar". Este é aquele que posa de honesto, mas na realidade é um mau caráter que já te deixa avisada. E prossegue vivendo sua vida enquanto você é um simples instrumento de diversão. A resposta correta é: "Bem, me chame quando as crianças forem maiores".

Há outros tipos, como aquele que não tem coragem e leva você sempre ao mesmo bar, com a esperança de levá-la ao motel na volta, mas não se arrisca; aquele que diz com uma mão no coração (e o pior é que sente isso mesmo) que ama a sua esposa mas não pode perder esta sensação maravilhosa de se vestir pela manhã pensando no encontro que terá com outra mulher. Ou aquele que segue você pela rua e a convida para passear e contar que está muito mal com a sua megera mas que não pode se separar dela porque adotaram uma criança. Ou aquele que conheceu duas Martas em um bar e a partir daí quis sair com as duas ao mesmo tempo para lhes falar de seus problemas conjugais. Você se lembra de que no princípio eu disse que estas páginas iriam refletir a vida?

Bem, isto é a vida e o resto é história; mas como alguns chegam a ser mais cínicos que Pinkerton cabe a você decidir se quer fazer o papel de Cio-Cio-San[10].

Aliás, mudar de país também não resolve caso você permaneça na região latina. Um uruguaio chamado Carlos, muito simpático, com um carro de luxo e muito dinheiro, contou-me uma versão maravilhosa de como sofria porque sua mulher estava freqüentando algo parecido com uma seita (provavelmente como conseqüência de sua convivência com ele).

Isso, certamente, explica suficientemente bem o fato de ele ter ficado perseguindo menininhas ao volante de carros com placa da Argentina.

Chega o dia em que, inevitavelmente, você pensa: "Estou farta deles". E se põe a buscar métodos que ajudem a detestá-los mais.

> "Ah, você acreditou que era só dar uma saidinha e eles mudariam?", comenta, lúcida, Carlota.
>
> "Sim, acho que sim, acreditei", respondo mortificada.

Um caso real para você rir

Quero aproveitar o fato promissor de ter acabado de aprender as regras básicas de elaboração de um roteiro ci-

---

[10] Personagens da ópera Madame Butterfly, de G. Puccini. Pinkerton promete a Cio-Cio-San voltar e se casar com ela, mas vai embora e quando regressa o faz vários anos depois, casado.

nematográfico para apresentar o que vem a seguir. De qualquer forma, é óbvio que *Ele*, o protagonista, participou do filme.

Protagonistas

Ela: Mulher de meia-idade, separada há uns seis meses, submersa em complicações legais, econômicas e vitais.

Ele: Homem divorciado há vários anos. Bem mais velho do que Ela e muito amigo de seu ex (dela)

Cenário: o quarto do apartamento Dela, alugado.

Faz muito tempo que não se vêem. É de tarde, o telefone toca.

Ela: "Alô?".

Ele: "Como vai? Sou Carlos. Ontem me encontrei com a sua irmã e pedi o seu número de telefone".

"Que sorte a minha", pensa Ela tratando de se lembrar de odiar a irmã por isso. "O que você me conta? Quanto tempo!".

"Vou bem. Você se casou ou alguma coisa assim?", pergunta Ele.

"Que nada", responde Ela cometendo um primeiro erro grave. "Nem penso nisso neste momento", acrescenta, explícita, no intuito de remediar o irremediável.

O diálogo que se segue é real, quase textual, mas impossível de afiançar porque, lamentavelmente, não foi gravado.

Ele: "Estive pensando que você e eu poderíamos continuar sendo amigos, não vejo por que temos que deixar de nos ver só por vocês estarem separados. Você é uma mulher inteligente e eu gosto de conversar com mulheres inteligentes".

Ela: "Não está muito claro que tipo de amigos nós éramos, já que, na última vez que nos convidou para ir à sua casa, perguntou como eu me chamava. Pelo visto estava mais a par dos casos do meu marido do que da minha vida. Eu era mais amiga da sua mulher do que de você e a perdi neste combate".

"Não me recordo disso (?) mas acredito que você não me conhece. Sempre me viu com minha ex e com cada pessoa somos de um jeito diferente. Se você quiser, podemos tomar um café, ou um chá, ou, se me sentir muito generoso, posso convidar você para jantar".

Poucas vezes ela recebeu um convite tão pouco sexy. Entretanto, o que Ela não sabe é que vai se deparar, na vida, com alguns outros parecidos de vez em quando.

Faz um esforço para encontrar a resposta adequada, sem conseguir, mas Ele prossegue:

"Repito, podemos continuar sendo amigos ainda que eu seja amigo de Carlos. Na realidade, claro que sempre fui mais amigo dele porque temos muitas afinidades, somos bastante parecidos na forma de pensar, na maneira de encarar os negócios, no sentido do humor".

"Me poupe", pensa Ela enquanto permanece em silêncio, ouvindo atônita como lhe oferecem um caminhão com o mesmo tipo de mercadoria que acaba de ser descartada por ser defeituosa.

"Quero esclarecer mais uma coisa", continua Ele, verborrágico. "Sou uma pessoa respeitadora e antes de ligar para você telefonei para o Carlos perguntando se ele ficaria incomodado caso convidasse você para sair".

"VOCÊ PEDIU PERMISSÃO A ELE?", Ela lembra de dizer à beira de um ataque maciço, fulminante, de assombro. "Queria lembrar a você que no princípio dessa conversa você me disse que eu parecia inteligente e agora está me tratando como uma idiota".

"Não confunda as coisas, não gosto de molestar ninguém, sou muito respeitador. Olha, quando eu me separei da minha mulher, um amigo que quase não víamos começou a ligar para ela dez vezes por dia".

"Muito educado seu amigo, esperou que se separassem para ligar para ela, não é?", acrescenta Ela com esforço.

Ele faz algum comentário sem importância e desliga. Não sem antes arrancar-lhe a promessa de um café ou um jantar. A tarde havia caído e Ela vai à janela, olha para fora e pensa: "Que incrível, em algum momento até me despertou carinho".

Como acontece quase sempre, depois de desligar aparece a resposta adequada. E promete a si mesma usá-la quando Ele voltar a ligar.

"Não vou tomar um café com você, Carlos", responderá a ele, "porque não tenho permissão do meu ex e ele acabou de sair de viagem. E eu também sou uma pessoa muito respeitadora".

> "Há momentos em que a vida deveria ter teclas de enter e de deletar. Me fiz entender?", opina Carlota.
>
> "Sim", respondo-lhe.

Bem. Você passou a integrar o gigantesco grupo das M.Q.B.H.I.. E se aprendeu alguma coisa não terá sido um dia perdido.

Capítulo III
Como nós estamos (Minhas amigas dizem que)

Você segura a sua vida com as próprias mãos
e o que acontece?
Alguma coisa terrível: não há ninguém a
quem possa culpar.
Erica Jong

O que é o M.Q.B.H.I.?

É o grupo das Mulheres que Buscam Homens Ideais. Ou seja, um grupo de sonhadoras imaturas. Minhas amigas dizem que somos muitas as que formam esta comunidade na qual se ingressa de maneira quase involuntária a partir de um enfoque de compromisso temporário. Ou seja, por pouco tempo, como quando se vai à academia de ginástica pensando: "Em três meses acabo com esta gordurinha e pronto".

Bem, com isto acontece quase o mesmo. Nem em três meses você acaba com a gordurinha nem muito menos encontra o cara ideal. Portanto, seria mais conveniente averiguar o valor da quota anual. Ou, na dúvida, da qüinqüenal. Porque o mercado está difícil.

"Não é um pouco idiota da sua parte, e da parte das suas amigas, continuar buscando o H.I.?", interrompe Carlota.

"Pode ser, ainda que eu me considere bastante inteligente.

Tem vezes, inclusive, que outras pessoas pensam isso de mim", esclareço incomodada.

O que não está nada claro é por que em alguns momentos parece que estive sob o efeito de uma overdose de "Idiotex Super". E nestes momentos, ainda que sejam breves, continuo acreditando que o homem ideal existe. Sei que esses poucos instantes chegam para arruinar a média do meu Coeficiente de Inteligência, mas me sinto tão bem acreditando, de pés juntos, que meu H.I., meu H.I. mesmo, anda por aí me procurando...

Mas também, isto não diminui o fato de que esteja cansada de falar de homens cada vez que saio com minhas amigas; ainda que sempre se tire algo de positivo dessas reuniões. Por exemplo, longas listas de reclamações e queixas como estas a seguir.

Desvantagens biológicas

Que existem, existem.

- Se eles ficam grisalhos tornam-se a cada dia mais atraentes.
  Você parece mais velha.

- Se os cabelos deles caem, tornam-se carecas interessantes.
  Você terá que comprar uma peruca.

- Se eles têm marcas de rugas de sol parecem velhos lobos do mar.
  Você tem que fazer plástica.

- Se eles engordam e têm barriga, ninguém repara muito.
  Você fica fora de combate.

- Para eles um equipamento de fábrica pequeno (leia-se pinto) não lhes diminui o prestígio prévio.
  No nosso caso (leia-se seios) nos deixa fora de mercado.

Nossos cérebros também são diferentes. Não somente no tamanho como acabam de descobrir. Para nós importa mais o intuitivo, o afetivo, o emocional. Buscamos compromisso (que não é casamento; vejam se nos entendem e não se assustam, meninos, agora que estão vendo isto escrito). Ocupamo-nos dos detalhes, cuidamos do lar e somos precavidas. Também temos dúvidas, somos indecisas.

Eles, como já dissemos, brincam, brincam, brincam.

Mas, mesmo tão mal equipadas, como parece que viemos de fábrica, diante das situações-limite costumamos responder com competência e eficácia. E geralmente nos saímos melhor silenciosas. E isso porque não contamos com a sorte deles, que nos têm como interlocutoras, o que não é um detalhe menor, porque somos muito mais práticas...

Isto desemboca diretamente no delicado tema da auto-estima.

Por que será?

Nossa auto-estima (isso que antes era chamado de confiança em si mesmo, se me lembro bem) é mais frágil. Sempre nos parece que temos um cabelo ruim, que estamos com três quilos a mais, que o vestido nos deixa gordas, as calças, cadeirudas e a blusa, com o peito achatado. Tanto que necessitaríamos de um 190 emocional para que nos recuperassem a auto-estima instantaneamente.

Quantas vezes nos perguntamos se eles, antes de sair conosco, vão mudar três vezes de camisa ou de calça; se vão se preocupar com a roupa, as meias ou a gravata. Ou se vão voltar do elevador para trocarem os sapatos.

No cabeleireiro

Mesmo nestes tempos de aumento da vaidade, quando começam a tingir os cabelos, fazer escova e permanente, eles vão e dizem:

"Quero cortar o cabelo, Carlinhos".

"Da mesma maneira de sempre?", pergunta Carlinhos.

"Sim", respondem eles.

Eu pego no pé do *estilista*, que é como se diz agora que as palavras *cabeleireiro* e *coiffeur* caíram em desgraça.

"Corto um pouco?", pergunta o pobre coitado.

"Sim, mas pouco", respondo, "porque se cortar demais vai ficar muito armado e demorar para crescer e se deixar mais comprido posso prender. É claro que se eu transpirar no couro cabeludo o cabelo ficará achatado e então seria conveniente que a franja ficasse mais curta. Devo estar precisando de uma hidratação; mas hoje não, porque estou com pressa".

Não sei por que, mas o rapaz me olha com cara de "Meu Deus! o que é que eu fiz para que todas queiram cortar o cabelo comigo?". E decide adotar um tom paternal muito irritante: "Vem, meu amor, vai para a bacia que eu lavo a sua cabecinha", possivelmente com intenções inconscientes de me estrangular.

Talvez agora que os jornais e revistas para as mulheres dedicam a eles suplementos de moda e cosméticos a situação se equipare.

Mas não acredito que chegue a ficar igual ao que aconteceu comigo e uma parente minha.

Não me pergunte nem como nem por que, mas ela conseguia fazer eu me sentir sempre em falta. Fazia-me sentir descuidada e envergonhada. Deixava-me tão estressada que não queria vê-la. A pressão era tão forte que a única meia, no ano, que desfiava, adivinhem, era a que eu colocava quando ia à sua casa, uma ineludível vez por ano. Por obrigação, evidentemente.

Nunca consegui surpreendê-la. Quando chegava com ou sem aviso, ali estava ela, vestida como eu estaria se fosse para uma reunião importante. Sempre depilada, penteada, com as mãos impecáveis, certamente bronzeada. Magra, sequinha e sem transpirar.

Com o passar dos anos fica-se, é isso aí, com a cara que se merece.

A mim não foi dado este dom da impecabilidade. Transpiro, fico enrugada, despenteada e desbotada. Vivo, bah! E ainda que não sirva de consolo acredito que também tenho a cara que mereço. Desbotada, claro.

"Às vezes quero cantar, às vezes quero voar, às vezes não quero nada"[11].

Como se identifica um H.I.

Algumas mulheres o encontraram. A maior parte em uma feliz *ballotage*. Quando lhes perguntei o que tinham levado em conta para considerá-los H.I. me disseram, coincidentemente, na maioria dos casos:

- Me respeita.
- Me paparica.
- Me escuta.
- Faz todas as minhas vontades.
- Me apóia (seja lá o que este conceito da pós-modernidade signifique. Um amigo, a partir de seu machismo bem instalado, diz que quando uma mu-

---

[11] Tema do rio, Los Rancheros.

lher quer que a apoiem o que pede é que a paparíquem e a "man-tenham"*).

- Tem projetos próprios.
- É independente.
- Se deixa amar e mimar.
- Existe uma química incrível.

Veja só que coisa, nenhuma disse "me sustenta, se responsabiliza por mim ou pela casa" em termos práticos ou financeiros.

Minha modesta conclusão é que as mulheres não se importam de ter que se esforçar, trabalhar, contribuir com a parte econômica desde que tenham a afetiva.

É isso aí, aprendemos que os homens são como são. Que não vamos mudá-los ainda que estejamos apaixonadíssimas e que a única coisa que queremos realmente é que nos deixem ser nós mesmas. Ainda que soe confuso. Porque já tivemos um exemplar do que vulgarmente se denomina de marido.

"Como então se identifica um H.I.?", vai direto ao ponto Carlota.

"Olha, se estivesse bem esclarecido não estaria aqui escrevendo isso. Estaria com ele, já que este livro não é mais do que um entretenimento até que apareça", digo-lhe sem esclarecer nada.

É ruim generalizar, mas eu e as meninas estamos convencidas de que é mais fácil encontrar o pássaro azul ou a baleia branca. (Esperamos que isso não seja totalmente esclarecido somente pouco antes de morrer como no caso do Capitão Ahab em *Moby Dick*).

---

* Trocadilho intraduzível. Foi utilizado pela autora para ressaltar o jogo de palavras entre os termos *contener* (proteger, apoiar), *con*sentir (paparicar, mimar) e man*tener* (sustentar, manter economicamente). (NT)

Desta forma, tentemos uma primeira lista de requisitos sabendo que os hormônios e o coração, na hora de fazer uma análise séria, não são os melhores conselheiros.

DICA Nº 2 PARA AJUDAR A DESCOBRIR SE O QUE APARECEU É UM H.I.

Ou seja, os requisitos essenciais mínimos abaixo dos quais aprendemos que não negociamos.

1. Observe a linguagem corporal. Tem que coincidir com suas palavras. Se diz a você "Eu sou assim, transparente, direto" e diz isso com pernas e braços cruzados... nem é tão transparente nem é tão direto.

2. Há aqueles com cara de satisfação. Cara de quem nunca sentiu falta de tetas (cara de menininho, entende, não é?). E

há outros que têm na cara as marcas de tê-las procurado, ansiosamente, toda a vida. Fique de olho, estes são muito difíceis de se contentarem.

3. Existem basicamente dois tipos de homens: os que olham você de cima abaixo e os que te olham de baixo até em cima. Estes últimos são muito mais divertidos e sexys.

Há também dois tipos de mulheres, como disse uma vez Magdalena Ruiz Guiñazú[12]. As que carregam as malas e aquelas que fazem com que as carreguem. As do segundo tipo são mais inteligentes. Acredito na reencarnação e se na próxima vez não for meu destino ser uma serpente, leão ou leoa, proponho-me firmemente a pertencer ao segundo grupo. Serei uma menina educada daquelas que dizem: "Caiu o meu lenço, apanha para mim?".

4. Há aqueles que passam de Sr. Ingalls a Homer Simpson* em segundos. Esses não são H.I., não servem.

5. Há um grupo de "aproveitadores". Esses pensam somente em si mesmos e em seu próprio benefício. Tampouco servem.

6. Os filhos únicos têm muitas manias. Candidatos quase ideais são os que têm muitos irmãos. Os ideais são os solteiros órfãos.

"Este capítulo é para mulheres ou para homens?", pergunta Carlota.

"Para os dois", respondo e continuo escrevendo.

---

[12] Conhecida jornalista argentina.

* Personagens do seriado americano "Os Simpsons". (NT)

Ou seja, têm que ser boas pessoas, têm que ser divertidos, têm que ser bons companheiros, têm que ser generosos. Têm que olhar nos nossos olhos e ver com profundidade o que temos debaixo da celulite. Se, além de tudo, forem lindos, ricos e jovens, melhor!

Porque, como escreveu Amado Nervo, "se não gostam de você como gostaria que gostassem, o que importa se gostam?".

Capítulo IV
Onde estão eles?
(O que me é oferecido)

Não escute o que te dizem. Vá vê-lo.
Provérbio chinês

Onde estão, hein, onde?
Não sabemos bem ou não está muito claro.

Uma parte é casada, alguns deles, felizmente, por sorte.
Uma parte é gay.
Uma parte, grande, de todas as idades, busca mulheres quinze a trinta anos mais jovens que eles. Somando-se a isso uma maior longevidade da espécie, vemo-nos obrigadas a trabalhar exaustivamente para prolongar o que em termos comerciais seria chamado de nosso *shelf-life*[13].

"Que difícil traduzir isto. É tão clara e precisa a língua inglesa. Nos obrigam a não nos descuidarmos", comenta Carlota.
"Sim, nem por um segundo", acrescento, "o que não é muito relaxante, não é?".

Uma parte deles está aparentemente escondida. Tentaremos descobrir onde verificando a situação do mercado.

---

13 Prazo de validade.

"Se eles são de Marte e nós de Vênus, parece razoável supor que estão em outro planeta", sugere Carlota.

"Sim, mas às vezes dão a impressão de não serem nem de Marte. Como se fossem de outra galáxia. Como se tivessem chegado de Melmark com Alf"*.

Outro dia encontrei no elevador com um "tipão" daqueles. Subiu com uma cara inconfundível de quem saiu do analista, concentrado, pensando em seus desatinos. Creio que não me viu, apesar de nossa breve convivência em menos de dois metros quadrados.

A duras penas consegui me conter; dominei meu instinto maternal, sempre disposto a brotar, e não lhe disse o que estava passando pela minha cabeça: "Bobo, sei que se sente inseguro, mas para mim as coisas também mudaram. Não há mais *homo sapiens*. Esta é uma geração de *homo assustatus* e de *homo desconcertatus*".

E nós não sabemos onde encontrá-los. Imagina, se não nos vêem no elevador... Observamos que o pânico e o desconcerto os levam a se esconderem em cavernas modernas que podem ser chamadas de bares, poltronas diante da televisão, lugares de trabalho, estádios de futebol e clubes esportivos onde podem interagir sem riscos.

Porque necessitam se retirar, se afastar, se isolar, quando sentem que estão ficando próximos, como diz Sergio Sinay em seu último livro[14]. Sabe de uma coisa? Cansei-me de ler livros que ajudem a entendê-los. Livros que aparentemente eles não lêem.

---

* Personagem do seriado americano "Alf, o ETeimoso".

14 *Misterios masculinos*, Sergio Sinay, Ed. Del Nuevo Extremo, Buenos Aires, 2000.

Enquanto isso muitas de nós continuam esperando que alguém nos cante "Moça, olhos de papel, onde vai, fique até o amanhecer..."*.

Juro.

O QUE ELES PENSAM

Eu juntei coragem e perguntei a alguns amigos como eles vêem a situação.

- Um jovem amigo, uma "uva", com um carro bacana e uma profissão *fashion,* me disse: "Não sei como fazer para encontrar uma menina legal. Todas "histeriqueiam"** e querem tirar vantagem, friamente". Está farto de mulheres; sente-se só no fim-de-semana, não faz projetos, igual a mim e minhas amigas. Às vezes saímos para comer e passamos o tempo todo molhando nossos respectivos ombros com lágrimas de desolação ou rindo feito loucos das nossas frustrações.

- Um certo Carlos me disse que os homens que ele conhece (inclusive ele, mas não porque se conheça muito), quando estão sozinhos ficam em casa, circulam pouco, custa-lhes saírem sozinhos com outros homens.

---

* Trecho de uma canção de Spinetta. (NT)

** Neologismo derivado do termo histeria. "Histericar" é um jargão portenho que é usado para se referir a alguém que "dá uma de histérica". (NT)

- Outro, enquanto esteve "sozinho", saiu com duas mulheres de uma só vez. Parecia que ninguém podia se aproximar que ele "atacava". Uma vez "agarrou" uma vizinha de outro andar quando foi reclamar de um problema de condomínio.

- Outro, entretanto, não tinha conseguido cicatrizar as feridas que seu casamento deixou (que por sua vez deixaram cicatrizes no seu patrimônio).

Estamos tão acostumadas a sermos as medrosas e as inseguras que parece não sobrar nada para eles.

"Você acredita que são homens, mas são meninos de calça comprida. Brincam, brincam, brincam", opina Carlota, acreditando-se original.

"E não querem perder nunca", acrescento, realista.

"Waterloo apagará todas as minhas vitórias", disse Napoleão.

As regras do jogo (Definitivamente, todos se chamam Carlos)

Por que não pensar o pior? Se às vezes até parece que estivemos casadas com a mesma pessoa. Ou é como se todos tivessem sido paridos e educados pela mesma mulher.

Repita-o em voz alta. Você vai ver que lembra vagamente.

O que acontece é que sempre têm as vantagens e fazem as coisas mais divertidas. (Ou não lhe dava inveja que ficassem zombando de você quando se sacudia dançando o *gato* e a *chacarera* na escola?)*.

Vejamos

Eles procuram mulheres mais jovens. Não parece relevante que estejam mais estropiados do que nós com a mesma idade. Sobretudo a partir dos cinqüenta anos, quando muitos homens adotam a atitude de "fechar o boteco" enquanto nós queremos abrir sucursais.

Há pouco tempo troquei meu computador e pude ter uma vivência masculina. Ou seja, troquei meu fiel computador velho por um mais jovem, perdão, novo. Por alguns instantes sobreveio uma sensação indubitavelmente parecida com aquela que um cara sente quando troca uma mulher madura, de quem já conhece todas as manias, por uma mais jovem e definitivamente mais rápida. Acontece que eu senti um lampejo de culpa ao me despedir do anterior, de quem havia gostado tanto, mesmo nos nossos momentos difíceis, quando, por exemplo, apagava-me um documento importante e me fazia chorar.

Surpreendentemente, sem dúvida, outro dia escutei um senhor de meia-idade (?) dizer que a maioria dos homens prefere mulheres mais jovens "para convencê-las de que as coisas são como eles dizem e porque exigem menos deles que as mulheres de meia-idade, que sabem o que querem... e os cansam" (sic). Pelo menos um enfoque honesto e inovador. Escutei também outro dizer que não quer sair com fedelhas porque não quer ser "navio-escola" de ninguém. Ou seja.

---

* *Gato* e *chacarera* são danças típicas da Argentina. (NT)

Curto-circuito

Disseram-nos "saiam de casa, precisamos de vocês para a guerra". A guerra acabou. Gostamos de ficar fora de casa. Não sabíamos bem o que fazer. Nós os copiamos. Agora eles não sabem o que fazer porque não nos parecemos mais com suas mães, então nos copiam. E não gostamos.

Agora os homens também choram, mas as mulheres choram melhor, como diz Almodóvar.

Capítulo V
Saiamos para procurá-lo (Comecemos de algum lugar)

Quem não é capaz de se mover,
não tem direito de esperar que o empurrem.
Malcom Forbes

Dizem que você não tem que sair para procurar nem o homem e nem a mulher de sua vida. Que os negócios, você procura, e os amores chegam. Você pode me dizer onde o encontrará, se não sair à procura?

Bem, seja como for, você está na rua e na luta que é cruel e é muita. Algo assim como uma proporção de 1.8 de mulheres para cada cara disponível. Às vezes quando se olha no espelho tem vontade de sair de viagem para não se ver. Pensa que o melhor seria ler o signo seguinte para ver se obtém um horóscopo mais favorável porque nunca se sentiu uma arrasa-corações. É mais, durante muito tempo se acostumou a ignorar as reações que provocava.

"Lembra-se de que, quando meninas, havíamos descoberto que tínhamos um anjo exterminador?", pergunta Marta. "Era um estranho mecanismo que funcionava quando nos sentíamos mal. Saíamos à rua e nos diziam gracinhas, desde o barraqueiro da esquina até o gerente do banco, desde um cliente ao marido de uma amiga".

"Sim, me lembro. Era um mecanismo que funcionava por si mesmo. Creio que concluímos, erroneamente, que o que atraía os homens era a depressão", respondo-lhe.

"Ainda não entendo como funciona meu anjo exterminador. Saio de casa sem me lembrar dele... E de repente aparece com um lança-chamas", diz Marta.

Rapazes de Palermo[15]

Uma tia minha, preocupada com o meu destino pós-divórcio, um dia me perguntou se já tinha arrumado um namorado.

"Não", disse-lhe, "ainda não encontrei ninguém especial".

"Tens que ir a algum lugar em que se pratique esporte", sugeriu. "Um homem esportista já tem por si mesmo uma natureza saudável".

---

[15] Parque da zona norte de Buenos Aires.

Pura sabedoria, destilada em seus oitenta e cinco anos, pensei.

Então, obediente, decidi dar-lhe ouvidos.

Quais eram as alternativas? Clubes (não sou sócia de nenhum) ou academias (já perdi a conta de todos os lugares nos quais me inscrevi para abandonar na terceira aula). Não me ocorria nada. Até que pensei que poderia caminhar por Palermo porque gosto do ar livre e porque não implica compromisso com horário.

Não sei por que decido que Palermo é um bom lugar. Tecnicamente, digamos, ele é, há centenas de homens sozinhos. O que não fica tão claro é por que me ocorre que seja bom um local à beira de um lago onde todos passam caminhando, andando rápido, correndo ou andando de bicicleta, com cara de "não posso parar porque senão perco a maldita inspiração que fez com que me metesse nisso em vez de ficar na cama aconchegado e lendo o jornal".

Mais de uma vez considerei seriamente trocar pela Recoleta[16], onde a gente vai engordar com toda a comodidade em um restaurante ou sentada num café lendo o jornal.

Mas não me decidi.

Na verdade, reafirmo, cruzar com alguém na direção oposta não parece uma atividade muito favorável ao diálogo. Sendo assim, comecei a dar voltas ao redor do lago.

Ali se vê todo tipo de gente e consigo me sentir bem com minha camiseta da última viagem, o cabelo cortado e com um *look* que, depois de me olhar cento e trinta vezes nos espelhos do elevador e nos vidros dos carros estacionados, verifico que não é nada patético. Nem mesmo no nível dos quadris.

---

16 Bairro de Buenos Aires onde se concentra uma grande quantidade de restaurantes e cafés.

Não entendo por que somente sorriem para mim alguns senhores com cara de terem uns vinte e cinco anos a mais que eu e uns adolescentes que poderiam ser os irmãos menores de meus filhos, mas não perco o entusiasmo.

Primeiro resultado positivo: acostumei-me a caminhar todas as manhãs, o que, de imediato, juro, se não me ajuda a encontrar o homem da minha vida, ajuda a me sentir melhor e a manter o colesterol baixo. Também pego uma boa cor e penso que com isso minhas possibilidades de sedução aumentam.

Algumas pequenas observações

Observo que os dias não são todos iguais. Uma coisa é a parte da manhã de segunda a sexta: os rapazes vão sozinhos ou em grupos e as moças idem. Nos fins de semana o panorama muda: você vê os mesmos rapazes que olharam você com olhar sem-vergonha nos demais dias caminhando com a mulher, a legítima. Isso se percebe geralmente pela cara de aborrecimento que fazem e porque tendem a não olhar para você, não reconhecê-la, não cumprimentá-la. É o dia de passear com a bruxa (a mesma que cuida para que eles não dêem com a cara no poste enquanto olham para outras, penso eu). Aos sábados e domingos elas caminham com um olhar possessivo bem instalado que, definitivamente, anuncia "pode-se olhar, mas não tocar".

"Me parece que, se soubessem como eles a olham nos dias de semana, quem deveria usar este olhar era você", supõe acertadamente Carlota.

"Tem razão", respondo, "já pensei nisso mais de uma vez. Parece que viver dentro de um tupper é muito cômodo para eles", acrescento.

DIÁLOGO ESCUTADO ENTRE DOIS AMIGOS ENQUANTO CAMINHAVAM À BEIRA DO LAGO:

"Mude de ambiente, conheça outras pessoas e o melhor presente que pode dar à sua mulher é conhecer outra mulher".

Simples, concreto e fácil. Jamais saberei a continuação da conversa porque caminhavam muito mais rápido do que eu.

O segundo resultado positivo é que me tornei amiga de um monte de gente, a saber:

- A turma da mesa ao lado (na cafeteria onde tomamos café depois da caminhada), constituída exclusivamente por um charmoso grupo de maridos alheios que com o tempo foram se convertendo em amigos íntimos.

- Alguns homens simpáticos com quem troco cumprimentos de tanto nos vermos, às vezes falamos duas palavras, mas não acontece nada porque sua atitude clara indica que estão casados e não se envolvem com outras.

- Uma dupla de chatos que ficava me seguindo com o olhar, com cara libidinosa. Também um cara pintoso, que passou dois anos me olhando com uma cara antipática, como se estivesse aborrecido. Cheguei a pensar se não seria muito amigo do meu ex. Finalmente, no dia em que conversamos nos entendemos bem e nos tornamos amigos.

- Muitas mulheres de diferentes idades e estilos, na mesma situação de quem aqui subscreve.

- Um crescente grupo de homens, alguns deles uns verdadeiros "bombons", que se dispunham a bater papo, mas que, lamentavelmente, não superaram a aplicação da dica nº1 da página 36. Todos casados, portadores de infidelidade genética. As frases poéticas habituais da página 41 foram retiradas de suas contribuições.

E com quantos me desencontrei, pergunto-me sempre, por ter dado a volta na direção errada, chegado cedo ou tarde demais, por ter ido de manhã ou à noite.

Possivelmente deva experimentar com um cachorro, vou ver se peço um emprestado. Porque observei que é uma boa maneira de iniciar uma conversa, sempre e quando o maior deles não pretenda comer o menor nos primeiros três minutos.

Depois de mais de cinco anos caminhando quase todos os dias me tornei *expert* em pássaros, patos e lontras e tenho algumas histórias para contar. Gostaria, tia Ester, que estivesse ainda entre nós para dizer que lhe dei ouvidos e que descobri que um dos esportes preferidos da maioria dos homens que caminham por Palermo é enganar as mulheres.

De qualquer forma, isso tem seu lado positivo, como as pilhas.

Ocorreram-me idéias para montar negócios. Poderia vender faixas em que estaria escrito "Casados Abstenham-se", de segunda a sexta, ou montar um site http://www.armadilhaempalermo.com.

Talvez fique rica.

Pequena lista de observações depois de caminhar por Palermo

- Se você circula olhando para os caras pode tropeçar umas vinte vezes em média, por volta.
- Eles transpiram e não lhes fica mal. Você fica uma porcaria com o cabelo grudado na frente. (Como é o caso dos cabelos brancos).

Poderia dizer que cheguei à sabedoria pelo longo caminho dos erros. Realmente, caminhei, no total, uma média de cinco quilômetros por manhã.

Casos dignos de menção recolhidos nas caminhadas

1. Um tal de Carlos, advogado, aproximou-se de mim numa destas manhãs em que me parecia que nunca mais iria conhecer ninguém. Propôs-se a me acompanhar, concordei e passei uma hora escutando-o falar de sua mulher. Ligou-me um monte de vezes depois, mas decidi que não precisava mais disso.

2. Um dia Carlos se aproximou. Contou-me que tinha se divorciado há um ano. Algo muito sincero em sua atitude me fez acreditar nele. Fiz bem, era verdade. Caminhamos juntos muitas vezes e nos tornamos muito amigos. Amigos demais, como irmãos, não sei se me entende. Não pudemos sair disso. É uma pena porque ele se aproxima bastante do que considero um deus. Deixou-me uma mensagem muito amável na secretária eletrônica, no Dia da Mulher. Deixei outra na sua secretária: "Obrigada, Carlos, sua mensagem me alegrou muito. Mas o que me deixou mais alegre é você ter se dado conta de que sou uma mulher". Não entendeu.

3. Outro Carlos, numa manhã, parou seu carro, desceu e me disse que eu era divina. Era o que eu precisava para a minha auto-estima, você sabe. Optei por acreditar nele porque me envaidecia que fosse mais jovem do que eu. Dei-lhe meu telefone. Ligou-me naquela mesma tarde e depois daquele telefonema o amei para sempre. Sabe por quê? Porque a primeira coisa que disse foi: "Sou casado. Você se importa?". Fiquei muito grata a ele. Porque, apesar de demonstrar ser um malandro, é um cara muito legal e que se preocupa. Muito mais com as outras do que com a sua própria esposa, que é a quem está traindo. Mas evitou que eu tivesse que explicar, mais uma vez, por que não me interessa esse tipo de relação (para que perguntam se já sabem a resposta?). E também uma certa quota de ilusão inútil.

4. Um outro Carlos, presunçoso, elegante, traiu-se quando, durante uma conversa, a título de um breve comentário, disse: "Tenho dois filhos casados e a filha que ainda *nos* acompanha". Outra vez sopa.

Capítulo VI
Rapazes de outros lugares
(Dizem que há outros recursos disponíveis)

De vez em quando a vida
*toma café comigo**.
Joan Manuel Serrat

Vamos tomar um café?

Pode ser que, às vezes, a vida tome café com você. Os solteiros não.

Para algumas coisas sou cuidadosa e tenho uma estatística para isso. Nas dezesseis vezes em que aceitei um convite para tomar café, todos eram casados. Mais ainda, um fato irrefutável da realidade é que todo aquele que se aproxima de você na rua é casado.

E isto cria uma situação engraçada. Você vai, toma café, contam uma versão conveniente de suas vidas, você percebe que são casados. Você diz para eles, olham com cara de: a) carneiro degolado, b) qual é?. Você diz tchau e não sabe se lhes estende a mão ou se dá dois beijinhos, porque já estavam quase se tornando amigos. Já me despedi de muitos caras que não quis voltar a ver com um beijo.

---

* De vez en cuando la vida.

toma conmigo café

Apresentações

Minha experiência a respeito é muito superficial. A primeira pergunta que surge é: por que nunca ninguém lhe apresenta alguém? Não sou muito afinada, mas poderia cantar isso em coro com minhas amigas.

"Por que não pede para que lhe apresentem alguém?", insiste uma amiga comedida, como se fosse fácil.

Você conversa sobre isso com outras amigas e nesse verão, na praia, entretêm-se traçando o perfil do possível candidato. Pensam nos nomes de vários amigos de amigos delas com quem, na volta, vão lhe "arrumar um encontro". Por alguma razão pouco clara não aparece nenhum dos candidatos na longa noite de inverno.

Na única vez em que uns amigos meus se dispuseram seriamente a encontrar alguém adequado, discutiram tanto entre eles se o candidato era ou não para mim que quase brigaram. Não deu em nada.

"Será que é porque não querem se meter?", indaga Carlota. "Gostaria de que isso estivesse mais claro, mas, em não estando, prossigo".

Tempos depois se esquecem de tudo o que aconteceu antes e comentam, por exemplo: "Você não sabe, meu amigo Fulano, o arquiteto, este moço tão bom, se enrabichou por uma idiota". "Por que não o apresentou para mim?", pergunto com uma timidez levemente falsa. "Não me lembrei", respondem.

Outra: "Se lembra daquele viúvo que ia apresentar a você? Apresentei-o para minha amiga Marta e estão apaixonadíssimos um pelo outro".

Felizmente, daqui a algum tempo, você ficará sabendo que não se agüentaram porque ele era miserável e muito louco, senão seria muito duro.

E, ainda que não acredite, a única vez que estiveram um pouco mais perto de me apresentar alguém... tratava-se de um amigo meu!

Agências de casamento

"Por que não vai a uma agência de casamento e eles resolvem tudo para você?", uma amiga pergunta. Porque se me conseguirem alguém parecido comigo não sei se vou gostar, você pensa.

Desconfiada como você se tornou, suspeita que é ela quem quer experimentar mas não se arrisca, ou não quer fazer tal investimento.

Como está disposta a tudo (e além disso por algum motivo havia guardado uns anúncios de uma revista em sua agenda) você vai conferir aquela que lhe parece a mais séria.

Bastante nervosa, chega ao local, num pequeno escritório central, onde uma funcionária treinada no melhor estilo Dale Carnegie*, mostra-lhe um *book* (sim, como se tratasse de modelos...) de possíveis candidatos. Você vai olhando.

Pouco depois aparece uma senhora muito atraente, com um certo look tipo mãe de Rodrigo[17], que informa, sem oferecer nada até o momento, a respeito de uma senhora que está muito feliz depois de ter conhecido, através da agência, um senhor muito rico que viaja o tempo todo. Depois, durante a conversa, como de passagem, diz-lhe que a tal senhora, de pele muito branca e cabelo preto, tingiu os cabelos de loiro porque ele gosta de loiras e que, como era gorda, emagreceu nove quilos porque ele gosta de magras. E que a tal senhora, que tem terror de avião, toma sete comprimidos de tranqüilizante para poder viajar com ele.

Você deduz que este sistema não é para você e antes de deixar seus dados para que insiram você no *book* decide que é trabalhoso demais e que é melhor ficar sozinha o resto da vida se tudo é tão difícil. E vai embora quase na hora de fechar o contrato e pagar a vultuosa quantia que sua amiga não queria pagar.

De carro em carro

Provavelmente perdi as minhas duas únicas oportunidades e ainda lamento. Talvez tenham sido mais de duas, porém, do jeito que as coisas estão, espero sinceramente que surjam outras.

---

* Escritor (188-1955) que ficou famoso nos EUA por seus livros de auto-ajuda. (NT)

17 Cantor popular falecido tragicamente.

Os carros falam por eles
(só que eles parecem não se darem conta)

Um homem mais velho, de cabelo branco, numa 4x4 caríssima significa:

a. Que tem dinheiro para comprá-la.
b. Que para chegar à sua casa de campo tem que passar por algum trecho de terra (observe se não está resplandecente demais, porque nas garagens não costuma haver terra).
c. Que necessita compensar seus poucos recursos com muitos quilos de lataria e peças de carro.

Um homem jovem num carro mal cuidado significa:

a. Que não esquenta com carro porque esquenta com facilidade em outras coisas.
b. Que é um desocupado e não se ocupa de mantê-lo e lavá-lo.
c. Que seus interesses passam por outro lugar e tem baixa auto-estima.
d. Que possivelmente está casado e tem filhos e não pode trocá-lo. Ou seja, tecnicamente não disponível.

Como dizem as meninas, a capacidade de amar é, freqüentemente, inversamente proporcional ao valor do carro. Isso é quase certo.

Isto pode gerar inseguranças e conflitos na hora de sair com pessoas mal vestidas ou elegantes. Mas lhe asseguro que, se deixar as considerações sobre *status* de lado, o sorriso que irá se instalar em seu rosto vai justificar amplamente o incômodo de circular num modelo 83.

Neste ponto gostaria de agradecer publicamente ao motorista da caminhonete que num dia de verão gritou para mim "Tchau, maravilhosa!", enquanto descarregava botijões de gás. Também o caminhoneiro que gritou "Mamãe!" do alto de uma cabine, o que impediu qualquer tentativa de diálogo posterior. Eles, meus anônimos levantadores de ego, não pareciam ter problemas e elevaram minha auto-estima num estalar de dedos! Sempre lamentei não lhes ter respondido "Obrigado, papai"!

Homens e mulheres sozinhos

"Por que você não vai a reuniões de homens e mulheres que estão sozinhos?", pergunta uma outra amiga, certamente casada. "Quem sabe vai ser útil". "Porque não estou sozinha, procuro um parceiro, o que não é necessariamente a mesma coisa", digo-lhe.

E porque há poucas coisas tão deprimentes quanto se aproximar de um grupo dizendo "vim aqui porque estou sozinha e vocês também". E porque se alguma vez você se aproximou de algum, como minha amiga Marta que foi a todos os grupos que existem, sabe que, geralmente, a concorrência é de quarenta mulheres para cada homem.

> "Por que não aprende a jogar bridge como Marta sugeriu?", pergunta, farta, Carlota.
>
> "Porque vou encontrar um senhor que nos fins de semana vai querer somente jogar bridge", respondo. "Me ocorreu ir ao ginecologista, mas fiquei sabendo que ele se casou".

Decálogo especial (de 8 pontos) para saber quais movimentos não servem para tentar esbarrar com um H.I.

1. Subir e descer de elevador um monte de vezes para ver se encontra com aquele cara bonitão que estava falando

ontem com o porteiro. Você vai chegar tarde demais todas as vezes.

2. Sentar-se em um café com cara de interessada no livro que está lendo. O único que irá se aproximar é o garçom, para perguntar o que quer beber.

3. Esperar que se sente ao seu lado no avião. Pelo menos comigo, nas últimas vezes, sentaram-se crianças que ficaram derrubando refrigerantes em cima de mim, três mulheres, um rapaz de dezessete anos que dormiu as treze horas de viagem e um senhor tão gordo que tive que mudar de lugar porque não cabíamos os dois. A única vez que me aconteceu de ter ao lado alguém maravilhoso, tinha sete anos a menos que eu e se entreteve me contando suas dificuldades com as mulheres de sua vida. Também posso lhe fazer uma recomendação importante. Mantenha-se alerta e, se acontecer algo com você, não esqueça seus afetos pessoais a bordo.

4. Falando em aeroportos, não se confunda. É um fato da realidade que todos os senhores agradáveis sentados sozinhos na sala de embarque estão esperando a senhora (às vezes a legítima, às vezes nem tanto) que está fazendo hora com o cartão de crédito no *duty-free*. Saberá a quantidade de perfumes que se pode comprar em poucos segundos.

5. Esperar que se sente ao seu lado debaixo da barraca de sol, à beira do mar. Todos vão veranear acompanhados.

6. Ligar para uma secretária eletrônica cujo número você tinha discado por engano e na qual aparece uma voz maravilhosa. Seguramente é casado e ainda por cima, agora, já se pode saber o número do chamador.

7. Num café, interromper a ida dele ao banheiro. Se estiver apertado, irá tratar mal você.

8. Pedir-lhe fogo depois de ter parado de fumar há vinte anos. Pode lhe cair mal e você se arrisca a retomar o hábito imediatamente.

Como prosseguimos? Estudando

Abordemos outro tema essencial, que é o de como reconhecer um recém-separado.

Como já dissemos, as mulheres são de opinião que, geralmente, os homens separados estão mais tristes e as mulheres mais tranqüilas. A experiência demonstra que convém deixá-los circular durante um tempo, até que esgotem a necessidade de mostrar para si mesmos e aos outros quão maravilhoso é estar livre (ainda que durmam num colchão no chão e desconheçam as instruções básicas para se fazer um chá). Mas não tempo demais, porque quem sabe se apaixonam por alguma garota jovem das milhares que irão revoar ao seu redor durante o primeiro ano. Ou seja, há que agir com calma mas sem perder tempo, porque se você vai com calma demais ele procura outra, e se você fica muito atrás dele, ele sai correndo.

Difícil. Quase tanto quanto encontrar as chaves na bolsa.

Tipologia do recém-separado. Conselhos úteis para reconhecer se está separado há pouco tempo

É fundamental, importante, inevitável aprender a ler nas entrelinhas.

Se diz:

- Que encontrou um restaurante muito simpático e bom que tem preços razoáveis "porque não é o caso de se deixar roubar".
  Traduza por: deixou mais da metade para a ex e não pensa em gastar nada com mais nenhuma mulher.

- "Minha ex tem um problema familiar sério e não posso abandoná-la, entende?".
  Traduza por: continua apaixonado.

- "Tenho uma boa relação com meus filhos. Vou com as meninas à academia de ginástica e ao dentista e com o mais velho a uma festa que começa à meia-noite".
  Traduza por: está morrendo de culpa e com medo de perdê-los.

- "Estes processos são difíceis, há que reconhecer, e, além disso, nem sempre terminam como se queria".
  Traduza por: foi embora por causa de outra que não lhe deu bola quando ficou livre.

- Se liga para você a todo instante até se tornar insuportável.
  Traduza por: é incapaz de ficar sozinho. Você pode insinuar que quer casar para conseguir que desapareça.

Na realidade, a gente ganharia muito tempo se ao invés de conhecê-lo pudéssemos observar somente por um instante a ex. Ou a família. Dele. Porque, ainda que não se deva compará-lo aos parentes, ajudaria a compreender alguns detalhes-chave.

Como a luta é cruel, e é muita, aqui vai este pequeno conto que se aprende nos cursos onde tentam desenvolver sua agressividade empresarial:

A cada manhã na África uma gazela desperta.
Sabe que deverá correr mais rápido que o leão ou será morta por ele.
A cada manhã na África um leão desperta.

Sabe que deverá correr mais rápido que a gazela ou morrerá de fome.

Quando o sol se põe, não importa que sejas leão ou gazela. Será melhor que comeces a correr.

Pelo que escutei há pouco de três mulheres no cabeleireiro, outra lenda urbana parece ser a dos viúvos. Em três minutos acabaram com a opinião que eu tinha a respeito. Parecia-me a tão sonhada situação, mas parece que conviver com a pobre defunta idealizada é mais difícil do que com uma ex-furiosa disposta a tudo.

PEQUENO QUADRO PARA OS VIÚVOS

"Conheci um viúvo", Marta diz.

"Eu te invejo", responde você, "pelo menos não há confusões com a ex".

"Eu também acreditava", responde Marta.

Não menos importante é identificar outro personagem com o qual se pode cruzar e que pode ter conseqüências nefastas para o ego de uma mulher. Por isso o que vem a seguir.

INSTRUÇÕES PRECISAS PARA A RÁPIDA IDENTIFICAÇÃO DE NARCISISTAS

Uma das coisas que aprendi ao longo dos anos, certamente, é identificar os narcisistas. Sim, os narcisistas. Mais ainda, desenvolvi uma habilidade específica que antes não tinha. Identifico-os à primeira vista, ainda que estejam atrás de um vidro espelhado (que é, por outro lado, o envoltório que mais lhes agrada porque acreditam que assim parecem mais importantes).

Para começar, constatei que, como são muito espertos, já não vêm vestidos como antes, vestidos de gregos. Nem ficam olhando seus reflexos na poça d'água dizendo "Como sou bonito!". Não. Agora parecem pessoas normais, às vezes até são confundíveis. São algo assim como falsos simpáticos.

- O narcisista típico fala somente das coisas dele sem perguntar jamais detalhes da sua vida. Lembra-se dos nomes ou dos dados de quem lhe interessa, mas jamais registra um desejo seu.

- Continua sendo narcisista quanto presenteia você com aquilo que agrada a ele, quando leva você para ver o filme que interessa a ele, quando convida você para ir aos restaurantes onde se come o que ele gosta. Ou seja, todas as vezes em que nem lhe ocorre pensar no que agrada você/se passa com você/interessa você/você espera/quer.

Resumindo, são uns inseguros, totalmente umbigocêntricos[18], que fazem você se sentir muito mal para eles poderem se sentir bem.

Nossas avós os chamavam de egoístas. Mas depois Freud passou por aqui.

A PERSONALIDADE NARCISISTA

... Têm uma grande necessidade de serem amados e admirados e se detecta neles uma curiosa contradição entre um conceito muito inflado de si mesmos e a desmedida necessidade de receber o elogio dos outros. Sua vida emocional carece de profundidade, manifestam pouca simpatia pelos sentimentos das outras pessoas, encontram poucos motivos para desfrutar da vida... têm inveja das pessoas; tendem a idealizar determinados indivíduos... e a desvalorizar outros. De uma forma geral, suas relações com os demais têm um caráter nitidamente explorador e, em certas ocasiões, parasita. É como se se sentissem no direito de controlar e possuir os outros e de explorá-los sem culpa; sob sua aparente simpatia e encanto é possível perceber uma natureza fria e impiedosa...[19].

---

18 Não é lindo meu neologismo? Significa "voltados para o próprio umbigo".

19 *Desórdenes fronterizos y narcisismo patológico*, Otto Kernberg, Ed. Paidós, Buenos Aires, 1979.

Diga-me, à medida que ia lendo, alguma coisa não lhe ecoava em algum lugar? Tem certeza de que não esbarrou nunca com algum? Ou entram alguns conhecidos seus nesta definição? Bem, não quero que fique deprimida, mas além disso trata-se de uma personalidade muito difícil de modificar.

As oportunidades perdidas (Porque que elas existem, existem)

O que vem a seguir é o relato de vários desencontros. Ou seja, de caras com os quais não me encontrei.

O vizinho

Havia um vizinho, no edifício onde fui passar o verão, com o qual ficava encantada.

Passei o mês inteiro subindo e descendo de elevador, de um bloco a outro do edifício, de canga, de biquíni, com camisetas apertadas. Nada. Atravessava os corredores à noite para subir por um elevador e descer por outro para que minhas possibilidades aumentassem. Nada.

Na única vez em que pegou o mesmo elevador que eu, havia mais cinco pessoas e eu estava indo para um churrasco abraçada a uma saladeira cheia de repolho.

Perguntou-me "Vai passear?". "Vou", respondi, nervosa. "Vou ao cinema e sempre gosto de levar alguma coisa para comer".

"Esse encontro não pode ser considerado romântico, não é?", pergunta Carlota.

"Não, efetivamente. Perdi uma oportunidade, mas o que você queria que eu fizesse? Nem sempre me ocorre a resposta adequada".

Fora de hora

Este relato consta aqui para que, caso o rapaz do carro azul o leia, saiba que a moça de roupa amarela ainda o está esperando.

Era uma tarde de início de primavera e não lembrava de alguma vez ter ficado tão esgotada, tão "quebrada" como naquele dia.

Tinha vestido uma roupa amarela com a qual freqüentemente se sentia uma rainha, mas isso tampouco ajudava. Segurava o volante do carro mecanicamente, procurando usar os poucos reflexos que se mantinham para evitar um acidente, presa dentro deste engarrafamento da volta, típico das seis da tarde.

"Con me ci son sempre io... "[20] cantava Ornella Vannoni. Os carros avançavam como se andassem e, sem dúvida, dentro da sua cabeça os acontecimentos dos últimos dias desfilavam numa velocidade vertiginosa. "*Zapping* impossível", pensou, "este filme você vai ver muitas vezes, ainda que não queira".

Imediatamente tudo pareceu se concentrar na sua garganta. Sentiu este enorme, insuportável nó e começou a chorar suave e tranqüilamente. Sentia umas lágrimas fáceis escorrendo pelo rosto, pelo pescoço, pela blusa. "Menos mal que o trânsito esteja lento", pensou ao mesmo tempo que procurava a caixa de lenços de papel. Trocou de estação de rádio. Surgiu Vivaldi, uma salvação, como se o tivesse chamado.

As imagens continuavam a sua dança descontrolada. "Tudo isso me dói muito", pensou, "o que tenho que fazer para esquecer?".

---

[20] "Comigo mesma eu estou sempre...".

Neste momento teve a sensação de que um carro azul estava encostando no dela.

"Por onde quer passar?", disse em voz alta, olhando as seis filas de carros parados. Enquanto procurava controlar as lágrimas girou a cabeça e viu que dentro de um reluzente carro azul havia um homem jovem, de barba grisalha, na janela, fazendo-lhe sinais para que abaixasse o vidro. Baixou-o um pouco e viu que a estava convidando para tomar um café, enquanto avançavam apenas uns dois metros. "Não seria nada mal", disse a si mesma, mas mal conseguia controlar seu choro. Sorriu, um sorriso molhado, procurando ganhar tempo. Enquanto isso ele continuava com a janela aberta, falando. "O que eu faço, aceito, dou meu telefone ou peço o dele? Se eu for, o que faço se desandar a chorar? Que papelão".

Prosseguiam, avançando pouco a pouco, metro a metro.

Quando ia lhe dar seu número de telefone sentiu uma sensação estranha. Olhou pelo espelho retrovisor e não pôde acreditar no que estava vendo. O carro que a vinha acompanhando nos últimos trezentos metros lentamente estava indo em direção oposta, retomando a avenida numa manobra impaciente, irritada, louca. "Vê-se que não sou nem muito fácil nem suficientemente decidida", disse, triste, a si mesma. É mais um ansioso e é melhor perdê-lo do que encontrá-lo", consolou-se quase com alívio.

O trânsito desafogou um pouco depois da ponte. Dobrou em direção à sua casa. "Devo ter perdido minha grande oportunidade, não acontece duas vezes", refletiu. "É uma pena, era lindo, tinha um sorriso simpático".

Ficou pensando nele durante muito tempo. E continuou procurando por ele algumas vezes, na Avenida do Libertador, na altura de Olivos, à tarde, por volta das seis.

Gostaria de explicar que uma linda mulher, com uma roupa amarela com a qual se sente uma deusa, ao volante de um reluzente carro vermelho, pode estar muito, muito triste. A ponto de não conseguir parar e tomar um café por medo de desandar a chorar.

A SECRETÁRIA ELETRÔNICA DE UM DESCONHECIDO

Houve um tempo em que ligava freqüentemente para uma amiga que tinha um número difícil de lembrar. Confundia-me ao discá-lo e então entrava uma secretária eletrônica na qual uma voz maravilhosa de homem pedia para que fosse deixada uma mensagem.

Nunca deixei. Não me atrevi apesar de, por várias vezes, ter discado o número errado de propósito.

Gostaria de ter-lhe dito para me ligar, que dava para notar que era boa pessoa e que tinha um tom de voz divertido.

Já tive a impressão, muitas vezes, de estar no lugar certo na hora errada, ou o inverso, estar no lugar errado na hora certa. Para me conformar optei por pensar que certamente todos os que se perderam eram casados.

UM MOMENTO DE TRISTEZA

A situação é esta: você tem amigas e amigos (sim, acredito que isso seja possível) do peito. Tem muitas pessoas que gostam muito de você, mas é difícil encontrar alguém que a ame. Alguém para compartilhar os bons momentos, os de alegria. Porque nos outros quer estar sozinha, na cama e com uma almofada cobrindo a cabeça.

Então tudo parece insolúvel. É como se você estivesse caminhando sozinha pela Banda de Moebius. Não conhece gente nova e é acometida por uma mistura de depressão e fúria nos sábados à noite quando parece que todo mundo sai com alguém (leia-se um cara) menos você.

Você tem vontade de ir para bem longe para ver o que o destino te reserva. Quem sabe nem precisasse ir tão longe. Mudaria de código postal para sentir que algo tinha mudado. Você se deprime cada vez mais e se convence de que não tem saída, não há ninguém para você.

Bem, alegre-se, você é normal.

"Às vezes fico achando que é só comigo", diz Marta. "Mas tenho muitas amigas e conhecidas na mesma situação, sentindo falta de amor masculino e um parceiro".

"Ou seja", diz Carlota, "o problema é endêmico".

"Quase", respondo.

TALVEZ ESTEJA LHE FAZENDO FALTA UM "PROFISSIONAL".

Não, não pense bobagens, não falo "disso".

Eu tive um durante muito tempo. Depois larguei. Depois retomei. Como as academias de ginástica.

Antes chamava-se de analista. Depois foi o terapeuta. Alguns anos atrás a onda era viajar para se consultar com um guru. Agora pode ser um terapeuta floral, um psicólogo alternativo, um analista lacaniano ou gestáltico ou, como o meu, um profissional. Chamo-o assim porque não consegui dar um nome para aquilo que ele faz. Evidentemente, ele está seguro do que faz ainda que nunca tenha conseguido dar-lhe um nome. Mas me ajuda, eu me sinto bem e ele concorda com que eu o chame assim.

Fazendo *zapping* escutei em um programa de TV que para ir adiante com segurança há que olhar para o espelho retrovisor de vez em quando. Pareceu-me que estavam falando da vida e da terapia.

Às vezes, há que agitar o pote para que os biscoitos entrem. Para que se acomodem.

Blues do Rio da Prata

Tenho uma amiga que diz que os namorados têm que ser procurados na Europa porque lá eles são mais sinceros e menos machistas.

Este texto maravilhoso parece corroborar sua teoria.

Raúl Lavié, o cantor entrevistado, escuta com orgulho sua mulher – uma ex-aeromoça que o conquistou primeiro fingindo estar se afogando no rio, depois seguindo-o de carro por várias quadras – contar anedotas para a jornalista.

"Nunca me dei mal com as mulheres. Para que mentir. Laura 'casou' (com s e com z) comigo*. Não sou dependente da minha imagem, mas sou vaidoso. Machista? Não, montei uma loja de decoração para Laurinha, mas durou pouco. Ela

---

* *Casar*: desposar, combinar. *Casarse*: amarrar-se. *Cazar:* pegar, caçar. (NT)

me saía mais cara trabalhando do que ficando em casa. Agora ajuda a organizar minha agenda. Ela é feliz reinando no lar"[21].

Tchan, tchan!

"Sabina* demais, novelas demais", sugere Carlota.

"*Yes*", respondo em inglês sem saber bem por quê.

---

[21] *La Nación,* última página, data não registrada, aproximadamente 1998.

* Joaquín Sabina, cantor espanhol. (NT)

"Gosto de pensar que alguém estará perdendo a ocasião da sua vida caso não consiga me encontrar".

Capítulo VII
Se tiver que ser será
(Por favor, mande-me um sinal)

Caminhávamos sem nos procurar, mas caminhávamos sabendo que iríamos nos encontrar.*
Julio Cortázar

O que fazemos com a ansiedade?

Porque atacar você, ataca. Digo assim, de cara, no caso de ainda não ter lhe acontecido. É inevitável. Mais ainda quando percebe que todos os ex-maridos que conhece, incluindo o seu, já estão na quarta parceira.

Diante da sua autêntica dificuldade em encontrar um macho da espécie e frente à sensação de irreversibilidade que a condição de "sem parceiro" lhe dá, chega um dia em que olha com carinho para o ajudante de feirante (de 16 anos, sua degenerada!) ou para o motoqueiro da sorveteria, tão bonito com sua roupa neon. Espera ansiosa pelo senhor que conserta o ar condicionado que tem uma voz maravilhosa ao telefone. Quando chega percebe que tem vinte anos a mais que você e está mal-humorado porque é muito difícil estacionar a caminhonete perto da sua casa. E a voz já não soa tão bonita.

---

* Andábamos sin buscarnos pero andábamos sabiendo que ibamos a encontrarnos.

Eu sei que se tiver que ser, será. Sou fatalista e sei que vou receber um sinal. O problema é que me falta cursar Ansiedade II e III e estou pensando em me matricular num curso noturno de Impaciência I e II.

Porque ninguém consegue acreditar que eu não tenha um namorado. Nem eu.

Aqui abro um parênteses porque me lembrei de uma amiga que há muitos anos me desperta inveja.

Sempre, sabe o que quero dizer, está com um cara ao seu lado. Que é sempre bonitão e lhe faz elogios incríveis.

Não sei como consegue, mas seu talento me faz sentir uma *Salieri*. Eu, enquanto isso, só consegui que um amigo do peito ficasse "histericando" comigo enquanto saía com outra, sua atual parceira. (Viu, Carlos? Percebi). Continuamos a ser amigos porque nos gostamos muito. Mas para esclarecer isto nem a inteligência emocional resolve.

"Me informaram que há um remédio para ansiedade, vendido sem receita, que se chama Nodarbol 500mg".

"Sim, me disseram na farmácia que você pode se automedicar e começar com uma dose dupla. Não tem contra-indicações".

"Você deveria criar uma dica de emergência", diz Carlota, "no caso de acontecer repentinamente alguma coisa. Não é uma situação corriqueira".

Fico pensativa. Carlota tem razão.

Dica bem bolada (modéstia à parte) para encontros inesperados

Esta dica faz sentido porque, se você deixar para quando acontecer, você estará desprevenida, meterá os pés pelas mãos e vai querer cortar os pulsos.

1. Pergunte-lhe: "Você é normal?". Sim, de cara, como na dica nº 1. Não é o exatamente tradicional, mas pode chegar a lhe poupar muitos desgostos. Ainda que não tenha a mínima suspeita do que é ser normal.

2. Qualquer que seja a sua idade, diminua uns cinco ou seis anos se este tema for abordado. Se você tem medo de ser humilhada depois, é melhor que o distraia comentando que parece ter acabado de entrar um elefante no restaurante.

3. Nem se atreva a contar suas capacidades, habilidades ou sucessos até que a relação esteja bem avançada. Agrada-lhes *conversar* com mulheres capazes e inteligentes. *O restante* é feito com mulheres do tipo "Sim, papai".

4. Não conte o que tem e, se puder, fale menos do que tem vontade. É melhor um baixo perfil por questões de competição.

5. Não o interrompa quando estiver elogiando você. É uma mania muito nossa. Simplesmente agradeça e faça cara de modesta.

6. Quando não quiser responder a uma pergunta use o velho método dos judeus e dos analistas e responda com outra pergunta; por exemplo: por que está me perguntando isso?

7. Não acredite em amor à primeira vista. Existe, mas é pouco freqüente e é otimismo demais acreditar que vai acontecer justo com você.

8. Lembre-se de que todo lugar está muito cheio de mulheres. Ou seja, se surgir uma oportunidade não a deixe escapar.

9. Não vá muitas vezes seguidas ao banheiro. Marta, uma colega minha de colégio, perdeu suas melhores oportunidades porque cada vez que um cara tinha a intenção de falar com ela decidia ir "ao toilette", dizia.

10. Pense rápido em qual *lingerie* está usando.

"Teria que parar por aqui", diz Carlota, "é impossível prever tudo".

"Tem razão, não dá".

"É a mesma coisa que dizer que é preciso estar 24 horas por dia depilada e com as unhas feitas durante os 365 dias do ano. Isto é muito duro para nós, percebe?".

"Sim, é muito mais trabalhoso do que para eles. Como quase sempre".

Mas me parece que aqui é bem apropriado o que disse Schopenhauer: "Não há nenhum vento favorável para quem não sabe a que porto se dirigir".

Ouça um tango

Eu pergunto: você entende de tangos?

Como pode ser que os "homens" sempre sintam falta de mulheres que foram embora, "mulheres" que os deixaram "de quatro" no melhor momento da vida, ou tenham nostalgia de suas risadas loucas? Quando os tangos foram escritos não sobravam mulheres como agora? A mim, as fusas em 2 por 4 me deixam bastante con-fusa.

Não terá chegado o dia de nós mesmas escrevermos as letras?

Exemplo de tango feminino

Vagabundo, sem-vergonha louco,
que me conquistou
lentamente, pouco a pouco.

Disseste que me amavas,
que era linda, inteligente,
que sonhavas comigo,
que morrias de amores por mim.
Prometeste me ligar
que passarias para me buscar.
O que aconteceu que estou aqui
esperando teu telefonema,
esperando que me ligue
para poder ouvir tua voz?
Mas o alô! nunca chega.
Não liga, não ligará nunca.

Disseste que me amavas
Mentiroso, histericaste..
És igual aos outros
aqueles que prometem ligar
Mas o alô! nunca chega... *

* Atorrante, reo loco,/que me hiciste el laburito, /lentamente, poco a poco./ Me dijiste que me amabas,/ que era linda, inteligente, /que conmigo soñabas,/ que morías de amor por mí. /Prometiste que llamabas/ que pasabas a

A verdade é que algumas canções refletem uma vida ideal, sonhada das mulheres. Como é que muitas mulheres não vão adorar Sandro[22]? Você acredita que alguém, na vida real, diria alguma vez, "Rosa, Rosa, tão maravilhosa", ou "E não me peças para não te amar assim"? Você conhece alguma mulher a quem tenham dito isso pessoalmente?

Justamente agora eles ficam "histericando"! Nossas avós teriam acreditado? Por que será que antes tudo parecia mais claro?

As pistas estavam melhor sinalizadas.

Amor via internet

Agora podemos ter mouse, teclado, monitor e um provedor; mas isto não impede que continuemos mal providas.

Uma amiga minha me incentivou tal como quando éramos crianças. Assegurou-me de que é uma maneira quase infalível de arrumar um namorado.

Decidi dar-lhe ouvidos e experimentar. Levei horas para aprender a acessar um site. Tive que ler não sei quantas coisas inúteis até decifrar algo tão maravilhoso quanto *Cupido Net*. Parecia-me lento, chatíssimo, mas meu espírito de sacrifício não tem limite.

Ocorriam interrupções a todo momento, a página desaparecia e ali começava eu a caçar a Cupido de novo, claro, sem arco nem flechas.

---

buscarme./ Qué pasó que estoy aquí /esperando tu tubazo, /esperando que me llames/ para poder oír tu voz?/ Pero el hola! nunca llega. /No llamás, no llamás nunca. / Me dijiste que me amabas./ Mentiroso, histeriqueaste. /Sos igual que los demás,/ los que prometen llamar./ Pero el hola! nunca llega...

22 Cantor argentino admirado há muitos anos pelas mulheres, especialmente pelas mulheres maduras.

Bem, admito que, apesar de ter adquirido um certo treino, por necessidade, não sou exatamente o que se chama de cibernética, ainda mais tentando entrar num *chat*, acredite.

O que acontece é que não levei muito a sério este negócio de entrar num *chat*. Não entendo isso de ficar conversando com alguém que não se conhece, que está num lugar tão isolado que impede qualquer possibilidade de encontro e que, na minha experiência, deve ter uns trinta anos a menos que você e, além disso, pode mentir adoidado protegido pela tela do monitor.

Mas tentei. Para estar em paz com minha alma e não me sentir novamente culpada por ter desperdiçado a oportunidade da minha vida.

Também fiquei animada quando me contaram que uma amiga de uma amiga encontrou um cara bárbaro na *web* e se casou com ele. Soou como uma lenda urbana mas decidi acreditar. Mais ainda quando recebi um e-mail de uma amiga minha, que vive nos EUA, dizendo que iria se casar (!) com um homem maravilhoso de origem cibernética. Procurei listar, isso sim, os vinte e dois caras com os quais outra amiga, muito mais metódica e persistente que eu, andou saindo, porque nenhum deles servia para nada além do primeiro café. E porque estes também dizem que vão ligar. Depois nem sequer "chateiam" você.

> "Os métodos mudam, mas as manias permanecem", aponta Carlota.
>
> "Sim, definitivamente. E ponto com.", acrescento eu.

Enfiiiiim

O azar tem a ver com isto. Você percebe isso facilmente se for calcular as chances possíveis de você e seu H.I. se encontrarem no mesmo momento e no mesmo lugar. E se vejam.

Pois bem, de vez em quando a vida... surpreende. Numa tarde qualquer, porque você é de Peixes ou de Áries ou do Cavalo do horóscopo chinês, conhece um cara novo e sai do círculo vicioso.

Aconteceu. Encontrou/apareceu alguém. Agora tem duas opções. Pode ter medo de fracassar ou entrar em pânico... com medo de fracassar.

Superada esta desagradável fase inicial você entra na fase II. Fica absorvida por essa alteração muito especial que aparece quando se tem a sensação de estar gostando, ou seja, essa adrenalina necessária para iniciar a conquista.

Parece que se vai preencher o vazio existencial dos sábados à noite.

Voltemos a fita. Finalmente você encontrou alguém. Agora supõe-se que seja capaz de parar com as bobagens.

Bem, não é muito fácil, mas podemos experimentar. Está assustada mas não pode desmaiar, nem morrer, nem nada. O grande amor, o verdadeiro, deve-se enfrentá-lo descontraída; pelo menos tentar.

Em italiano se diz "*È meglio rimorso che il rimpianto*"[23]. Sábios, os italianos.

É bom ter em mente que eles sempre se sentem deuses. Sim, mesmo nus, gordos, com dentes mal cuidados, barrigudos ou mal vestidos partem para a conquista. Pode relaxar. Porque na verdade não prestam muita atenção nos detalhes. Digamos que olham para seus peitos e seu bumbum.

É um homem. E parece reunir alguns dos pré-requisitos da sua lista. E finalmente liga para você. Você fica contente e ele nota, claro.

Como nada é tão fácil, você será acometida pela (como gosto de chamar) "Síndrome do restaurante". A saber.

Começa a sair com ele. Uma, duas, três vezes. Você está gostando.

Então, lentamente surge, até invadi-la, uma sensação de confusão bastante próxima do gataflorismo[24].

Ocorrem a você idéias tais como: não vou conhecer, nos próximos dias, ninguém mais jovem/inteligente/bom moço/alto/rico/magro/sexy/esportivo/culto/divertido?

---

[23] É melhor o remorso do que o arrependimento.

[24] Expressão derivada de um refrão popular chulo, que para descrever as pessoas insatisfeitas diz: "É como a gata Flora, quando põem nela, grita, quando tiram, ela chora".

Isto imediatamente impede você de desfrutar o simples e elementar fato de que tenha aparecido um cara com sua devida quota de emoção e alegria.

Por que síndrome do restaurante?

Porque é igual ao que acontece comigo. Leio todo o menu, fico na dúvida e por fim penso estar escolhendo aquilo que me agrada. Um segundo depois me parece muito mais interessante o que os outros escolheram.

Algo mais costuma acontecer nestes primeiros encontros.

Aparece, como cachorro que fareja as cadelas no cio, o cara que não lhe ligou mais depois de uma briga, o amigo de trinta anos atrás que acaba de superar a crise de seu divórcio e dois caras novos (algo que não acontecia com você há dois anos).

Conseguem fazer com que se sinta como quando tinha catorze anos: não sabe o que fazer nem com qual deles sair.

Recomendação

Nesse momento não dê ouvidos aos comentários de ninguém. Nem de seus amigos, nem de seus irmãos, nem de sua mãe. Todos têm suas regras gerais. Têm seus próprios interesses, especialmente seus filhos. Eles, seus queridos filhos, a primeira coisa que vão fazer, especialmente se são adolescentes (e fique atenta porque hoje a adolescência acaba, com sorte, por volta dos trinta anos), é cara de bunda. Sim, para você que atura a mudança semanal de namoradas.

Quando você vir a cara que irão fazer ao apresentar-lhes o tal sujeito que gosta muito de você é provável que queira propor ao Congresso um projeto de Lei de Divórcio dos Filhos Adolescentes. Pode ter boas chances de sucesso.

Ele me presenteou com um cachorro tipo salsicha que há três dias não pára de chorar, mordeu todos os meus sapatos e faz xixi no tapete. Será que não quer me ver mais?

A PREVISÃO DO TEMPO

Você olhava para o boletim meteorológico do jornal
e falava de variações e condições do tempo.
Eu olhava para seus olhos.
Descrevia movimentos
e o clima nas regiões.
Eu daria tudo para explorar seu corpo.
Comparava pressões atmosféricas
e temperaturas.
Eu perdia o controle
das minhas sensações de calor e de frio.
Gesticulava com o jornal na mão,
eu espiava o pêlo de seu peito.
Quando pensei que fosse dizer
"manhã chuvosa"
você se pôs de pé como se fosse sair
e perguntou
"quer fazer amor"?

Ventos alísios e monções sopraram,
cometas passaram,
estrelas caíram na sacada.
Num relâmpago fugaz
nos atiramos na cama
num ímpeto
para jogar o jogo
das chuvas que se encontram
em meio a um tornado
de abraços e beijos.
A lua olhava, cúmplice,
pela janela.
Veio a calmaria.

Enquanto meus dedos tocavam
a neve de seu pêlo
um arco-íris surgia
num canto do céu
Parei de abraçar você
e vi que o jornal, esquecido,
anunciava, do chão,
céu claro pela manhã.

A SÍNDROME DO "FICAR"

Finalmente o século está terminando e pode ser que com ele a pós-modernidade, com as suas piores características, seja extinta. Uma delas é a das relações descartáveis. Tais como "gostei, saio uma ou duas vezes, não ligo mais, não quero compromissos". Amores *Made in Taiwan*. Três por 1 real.

"TE LIGO": UM MITO DO FIM DE MILÊNIO

É difícil acreditar na palavra nestes tempos do "ficar". Sem dúvida, algo me faz supor que quando a palavra significava um compromisso, se o homem que você admirava dizia "eu vou te ligar", ele ligava. Ainda que tivesse que fazer a mensagem chegar por meios tão pouco práticos como uma diligência ou uma caravela. Enviava-se um mensageiro, o escudeiro ou uma carta perfumada. Ou fazia-se alguém escrever os poemas como Cyrano de Bèrgerac.

Hoje temos telefone, celular, e-mail, fax. E tudo isso serve para que não lhe liguem. Porque são tempos de pagamentos adiados. E porque realmente a palavra, tal como nossos avós a usavam nas transações comerciais e nos compromissos pessoais, não existe mais.

Minhas amigas e eu teríamos preferido que dissessem: "Não ligo mais porque me aborreci demais na última vez que fomos comer", ou "A dormir com você de novo prefiro ir à Antártida por seis meses", ou "O que você acha de não nos vermos mais porque nós dois ficamos péssimos?". Mas não, eles preferem dizer "te ligo". Parece que não sabem que sofremos muito mais. Ou será que sabem?

"Que dúvida atroz ", pondera Carlota. "Me parece que você se esqueceu de que eles brincam, brincam, brincam. Sempre".

"Acontece que prefiro me esquecer disso", replico.

Minhas amigas dizem muito mais coisas e ficam repetindo que é melhor ter muita vontade acumulada que o sabor amargo dessas não-relações tão instáveis. Para não dizer de merda.

Desfolhando o telefone

Você jura que nunca passou um ou dois dias na dúvida se ligava ou não? Jura que não pensou "ligo ou não ligo para ele", "e atendo ou não atendo", "deixo uma mensagem ou não", "desligo ou não desligo caso não esteja em casa", "espero um pouco mais para ligar"?

É óbvio que "te ligo", estas palavras tão temidas não têm o mesmo significado para eles.

Por causa disso você se tortura por vários dias e vai pedir conselho a cada uma de suas amigas. O pior é que elas dão. Como têm pontos de vista distintos acontece a mesma coisa que com os médicos: por ter pedido várias opiniões você já não sabe mais se tem que operar ou não.

Finalmente decide que quer deixar-lhe uma mensagem na maldita secretária eletrônica. Liga numa hora em que você sabe que ele não está. Não sabe que voz usar. Nem muito sexy nem muito seca. Mais vale ser simpática. A secretária entra. Antes de deixar a mensagem escuta sete bips.

Se você anda com auto-estima baixa, ficará convencida de que sete mulheres ligaram para ele antes de você. E que agora é tarde. É isso que dá esperar demais.

Se a tem em alta, pensa que são ligações da tinturaria, da assistência técnica da televisão, de seus filhos e da ex para pedir dinheiro. Mas não adianta nada porque, ainda assim, não sabe o que fazer.

A lógica sugere que alguém deveria poder informar ao rapaz em questão que está interessada. Assim, claramente: "Gosto muito de você, o que acha de voltarmos a sair para ver o que acontece?".

O que posso lhe assegurar é que esta técnica não funciona no aqui e agora.

O que complica tudo são os hormônios. Porque quando o hormônio da dúvida entra na corrente sanguínea é nocivo, como diz Francis Ford Coppola. Tanto que você não sabe se segue as instruções de sua mãe, que dizia "Querida, deixe que te liguem, faça-os desejar", ou se liga para acabar com a falta de comunicação como fazem as mocinhas que por princípio nunca escutam suas mães, não importa o que digam.

Ou seja, é sim, mas é não, mas talvez sim, talvez não, ou vice-versa. De qualquer forma você pode se dar bem. Ou mal.

"Estou apaixonada pelo Carlos. Liguei para ele por uma questão de trabalho, há uma semana, mas não me respondeu. Não ligo de novo para ele porque vai pensar que estou dando em cima (que é o que morro de vontade de fazer) e aí ele percebe e estraga tudo".

"E assim, não está tudo estragado?".

Toccata e fuga em Sol maior
Casos típicos

Se na primeira vez você me engana, a culpa é sua.
Na segunda, a culpa é minha.
Provérbio árabe

- Foram ao cinema, discutiram o filme, concordaram, debateram. Você disse um monte de coisas que pareciam interessantíssimas, ele ficou encantado e elogiou você. Deram-se muito bem. *Não ligou mais.*

- Levou você para caminhar pelo Roseiral olhando a lua, convidou-a para ir a um boliche pós-moderno, compartilharam interesses, estavam no mesmo clima. *Não ligou mais.*

- Saem para comer, divertem-se, riem, ele conta a vida dele para você. Escuta alguma coisa da sua. Entenderam-se maravilhosamente bem. *Não ligou mais.*

- Terminaram a noite no motel, pura química. Ele lhe disse que adoraria ir a Mar del Plata, pescar no Sul, esquiar em Mendoza, assistir a um concerto, tudo com você, claro. *Não ligou mais.*

Não é necessário continuar, não é? Você tem exemplos muito melhores que estes.

"Será que só voltam a ligar para as mulheres que os tratam mal?", pergunta Carlota num ataque de lógica.

"E o comportamento?", pergunto eu, irritada. "Pelo menos poderiam colocar uma sirene".

Poucas situações conseguem derrubar, em questão de segundos, a segurança tão arduamente conquistada pelas mulheres, de qualquer idade, quanto a de esperar que um cara de fato ligue após ter dito "te ligo". Porque ele não liga e elas ficam, na maior parte dos casos, esperando para sempre.

Os pensamentos que irão surgir aos borbotões são: o que foi que eu fiz, o que não fiz, o que disse, o que não disse, mostrei-me ansiosa ou desinteressada, muito provocativa ou pouco histérica, engraçada demais ou aborrecida, comi muito, comi pouco, estou muito gorda ou muito magra, está casado, tem namorada fixa, mentiu para mim.

O doutor Juan Hitzig, conhecido geriatra, disse que para envelhecer sadiamente há que poder lidar bem com a adversidade e com a incerteza. Vê-se que ninguém deve ter-lhe dito "te ligo".

Uma amiga, casada e feliz, está tentando dar um jeito na minha vida.

De vez em quando me dá uma bronca. Quer me convencer de que a culpa por todos estes desencontros é minha. "Você é muito direta, muito escancarada, tem que disfarçar mais". (Esta amiga irá dizer a outra amiga em comum que não seja tão dissimulada, que convém ser mais escancarada e direta, mas isso, moral da história, não interessa).

Todas as vezes, depois de escutá-la, penso a mesma coisa: parece que estamos muito distantes da época em que para cada roto havia um esfarrapado.

Então lhe digo: "Não me dê conselhos, gosto de errar sozinha. E ainda por cima, quando erro gosto de que pensem que errei por ser humana e não por ser mulher".

Estou no restaurante. Acabei de comer e estou na companhia de Carlos, um amigo de muitos anos, com quem houve uma tentativa de relacionamento. Ocorre-me pensar "o que foi que aconteceu com a gente, por que isto não deu certo?".

Então lhe pergunto: "Me diz, Carlos, o que aconteceu?".

Não me responde. Porque para ele não aconteceu nada. Para ele é normal desaparecer, não ligar nunca, não se lembrar de que você existe. Ou liga para você de tempos em tempos, quando quer sair para comer, como ele diz, comida de substância. Da minha substância, claro.

Decido que realmente preciso de uma resposta.

"Me diz, por favor, quero entender. Por que a maioria reage assim?".

Responde-me de uma maneira clara e simples: "Às vezes não ligam porque estão cheios de mulher atrás deles".

"Se têm tantas, para que convidam você a primeira vez?", pergunto.

Não sabe, não responde.

"Outras vezes porque não tem aquela coisa de pele", acrescenta.

A pele não é questão de cremes, penso.

"Muitas vezes têm medo". (Outro Carlos me disse, honesto e preciso: "pânico").

"De quê?", pergunto.

Não sabe, não responde. A introspecção não é uma de suas virtudes.

Em vez de esclarecer o tema começa a me contar suas vicissitudes com outras mulheres.

Ou seja, não preciso voltar a perguntar por que não aconteceu o nosso caso.

Não era *sis bashert*[25], diria uma avó judia.

---

[25] Predestinado, adequado, em idisch.

Alguns exemplares da espécie com os quais esbarrei

- Aquele que me fez sentir uma deusa. Exibia-me como um troféu, vangloriava-se de estar comigo. Poucos caras fazem você sentir isso. Somente os deuses. Ofuscou-me. Não atendeu mais minhas ligações.
- O "avarentopithecus" que me fez pagar o café porque era dia dos pais. Teria preferido que dissesse logo de cara: "Me convide para tomar um café, estou triste porque meus filhos estão longe". Não atendi mais suas ligações.
- O tuttólogo[26]. A palavra o define bem. Considera-se um especialista em tudo. Você não pode dizer uma palavra sem que dê uma explicação chatíssima e não escuta ninguém que não seja ele mesmo. Certamente não ligou mais porque tentei interrompê-lo por duas vezes.
- Aquele que não sei por que me convidou para sair. Ficou a noite toda de mau humor. O silêncio entre uma garfada e outra me fazia sentir como se fôssemos casados há quarenta anos. Não me ligou mais, poupou-me de ter que inventar desculpas.
- Aquele do encontro às cegas. Com ele não adiantou este corpete maravilhoso que mantém as curvas no lugar certo. Possivelmente, um amigo comum que tentava nos aproximar deu-lhe uma descrição pouco clara de como eu era. Não ligou mais.

26 "Entendólogo", em italiano. Aplica-se a pessoas sabichonas que querem mostrar que sabem tudo.

- Aquele que não apareceu no café como havia sido combinado. É uma espécie de recorde, porque nem sequer tentou ligar depois.
- Aquele cuja mulher e filhos estavam passando as férias fora da cidade. E para atenuar a síndrome de casado, típica dos meses de janeiro e fevereiro, ficava com fissura para transar. Não respondi mais às suas ligações.
- Aquele para quem cair de seu ego é como quebrar o pescoço e tropeçar em sua própria vaidade é como quebrar o pé. Fiquei assombrada ao descobrir tanta admiração por seu próprio umbigo. Não respondi a um telefonema seu que certamente foi dado por engano.
- Aquele que queria dormir comigo para ter mais tempo para me contar suas aventuras com outras mulheres. Recomendaria para qualquer amiga que desistisse dele antes de encontrá-lo. Não lhe respondi mais as ligações.
- Aquele que jogava com várias simultaneamente apesar de parecer um tipo insignificante. Fiquei sabendo que estava saindo com quatro ao mesmo tempo porque, por acaso, conhecia uma delas. Não era o meu *target**. Desconectei o telefone.
- Aquele da cama celestial, que enchia a minha casa com flores, mas mentia tanto que quase me leva a uma paranóia grave. De vez em quando me liga, mas não lhe respondo porque a carne é fraca.
- Aquele que nunca me atraiu, mas nós dois sabíamos que teria nos feito muito bem nos abraçarmos. Continuamos nos ligando.

---

* *Target:* alvo, objetivo em inglês. (NT)

- Aquele que estava tão triste que me fazia sentir a Chapeuzinho Vermelho tentando comer o Lobo Mau. Não ligou mais.
- Aquele a quem, pelo meu bem, digo adeus. E pelo meu bem o disse. Por telefone. E você não sabe quantas coisas restaram por dizer.
- Aquele do lucro incessante. Falou somente de dinheiro durante horas. Não lhe respondi mais as ligações, embora devesse ligar para ele, a cobrar.
- Aquele que tinha a cara de ter regressado de lugar nenhum. Muito a perder, nada a ganhar. Não me lembro se tornou a ligar.
- O fanfarrão impossível. Lembrei-me de uma tia que dizia que ninguém faz alarde do que tem em excesso. Não atendi quando ligou.
- Aquele que me disse se sentir um Dom Quixote que se ocupava dos problemas dos outros. Não me perguntou uma única vez como eu estava. Maneira incomum de quebrar o encanto. Não liguei mais.

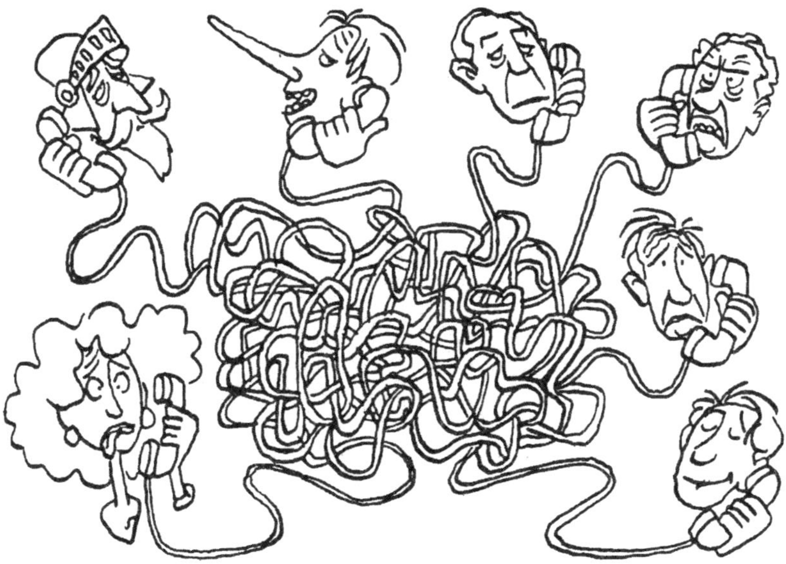

Depois de tudo isto me pergunto se o meu problema é de incomunicabilidade telefônica. Tenho vontade de pedir o livro de queixas, mas já sei que ninguém vai ler.

Deve ser algum problema com o diálogo. É difícil manter uma conversa séria com eles. Nenhum assunto dura mais de um minuto. Encarregam-se de se desviarem dele enquanto podem para evitar briga.

"Você já viu que muitos homens são como os horóscopos. Dizem a você o que tem que fazer e ainda por cima estão errados", palpita Carlota.

"Na realidade são como o clima, nada pode ser feito para mudá-los", respondo.

Pergunto-me se teria terminado de pagar a última quota de Carma. Restará sempre um saldo devedor?

PRIMEIRA E ÚNICA SAÍDA COM OUTRO CARLOS

Conversávamos tomando uma cerveja numa agradável noite de verão, ao ar livre. Parecia Paris.

Contou-me tudo o que estava se passando com ele. Falou-me de sua ex-mulher, que não se dava bem com os filhos. Não consegui pronunciar mais de dez palavras. Não foi um inconveniente porque tudo o que havia me contado de si mesmo o habilitou para dar um diagnóstico de como eu era. Tinha conseguido me conhecer melhor do que eu mesma. E ainda que durante duas horas não tenha perguntado nem por meu trabalho, nem por meus filhos, nem o que faço, nem o que penso, nem nada, deu-me conselhos sobre como conduzir minha vida.

Tchau, sua orientação.

Decidi ficar com a lembrança da cerveja gelada.

Não é agradável mudar de parceiro. Dá o mesmo cansaço que ir comprar calças, temos que nos despir a todo momento.

Além disso, parece-me que já houve tempos melhores. Quando tudo era para sempre. Ainda que nos queixássemos. Agora "Nada é para sempre"[27], ainda que você se rasgue. Sociedade de consumo, tudo descartável.

CAVALEIRO DE MOTO

Poderíamos dizer que com alguns dos caras que cruzam nossa vida depois de tanto procurarmos, esperarmos e nos desesperarmos, com esses caras, alguma coisa pode "rolar". Um princípio de relação em que nós dois proclamemos que não queremos compromissos. Mas às vezes eles vão embora e deixam atrás de si uma sensação de incômodo, de desassossego.

Algo semelhante a quando a filha pequena aparecia em seu quarto, às três da manhã, dizendo: "Mamãe, vem que o Carlinhos vomitou".

FRASES POUCO ORIGINAIS DE CARAS QUE VÃO EMBORA

Preciso respirar. (Você é asmático?)

Preciso do meu espaço e de um tempo para mim. (Para quê?)

Preciso refletir sobre nossa relação. (Isto era uma relação?)

Preciso pensar. (Não sabemos sobre o quê.)

Não estou pronto para assumir compromissos. (Nem para nenhuma outra coisa)

---

27 Canção de Fabiana Cantillo.

Preciso me reencontrar comigo mesmo. (Com ele, não com você, não se confunda)

O melhor seria darmos um tempo. (Não é comum esclarecer nem quanto nem para quê).

mpre resta o recurso de ser você a tomar a decisão. E poa cantarolan baixinho "Hoje vais entrar para o meu passado, no passa da minha vida".

FALEMOS DE SEXO

"Até que enfim!", quase grita Carlota, "pensei que fosse se esquecer".

Decidi não responder e ser paciente com ela.

Tema brabo, este. Não pelo que se pensa à primeira vista, mas porque é difícil saber qual é a realidade.

Depois de ler quase todos os relatórios de Kinsey em diante, passando por Shere Hite e o Kamasutra, suponho que um especialista poderia elaborar uma teoria. Eu não.

Em troca, tomei a liberdade de reproduzir comentários das moças que freqüentemente ficam à beira de um ataque de nervos seja por carência aguda ou por desilusões insuperáveis.

1. "Entre uma péssima noite e a auto-satisfação (soa mais chique do que masturbação, sabe?) elejo a segunda", diz Marta. É uma resposta ao horário proibido para menores, mas muito valiosa por ser sincera.

2. "Não agüento mais, onde estão os caras?", dizem várias.

3. "Nestes anos todos não me fez muita falta", diz outra. "Faltou-me sim, muitas vezes, alguém que me abraçasse e dissesse: fique tranqüila, eu te amo".

4. "Ir para o campo de batalha de novo é difícil", recorda uma. "Às vezes ainda volto a sentir o medo que me invadiu na primeira vez que tive que tirar a roupa na frente de outro homem. Meu marido havia sido o único.

"Muito difícil, muito corajoso", confirma Carlota.

5. "É divertido variar de vez em quando", diz Marta, sorridente. "Aprende-se cada coisa!".

6. "Às vezes os caras têm umas gordurinhas... ", diz Marta. "E não é na cintura, mas no cérebro. Parece que não podem amar você e pronto. Concentram-se tanto na ereção

que se esquecem de se arrumarem, perfumarem e relaxarem. E ainda não sabem que para nós importa muito o antes e o depois".

7. "Existem caras que parecem ter aprendido a fazer amor pela internet", diz Marta. "Logo eles que ficam nos perguntando se aprendemos a dirigir carro por telefone. E ainda por cima temos que ficar convencendo-os de usar camisinha".

Cheiro de homem na casa

Fechou a porta. Apoiada na parede ficou escutando o elevador descer. Ouviu o ruído que fazia habitualmente ao passar pelo 9º andar. Passou a chave, apagou a luz e ajeitou o roupão que tinha se desamarrado. O corredor lhe pareceu muito longo. Quando chegou no quarto se atirou na cama, esgotada, sentindo-se como uma boneca de pano. A situação de alguns minutos atrás passou diante de seus olhos e lhe pareceu estar vendo-o de novo no espelho dando voltas com a camiseta, tentando vesti-la, sem conseguir acertar a parte da frente e das costas. A camiseta propositalmente preta realçava sua pele bronzeada. As cuecas eram escocesas, uma espécie de símbolo de juventude.

Lembrou-se de que quando havia lhe perguntado qual a sua idade respondeu: "Agora cinqüenta e cinco". Nunca ninguém havia lhe dito a idade desta maneira. Agora cinqüenta e cinco e dentro de alguns instantes, cinqüenta, ocorreu-lhe pensar. E na realidade parecia ter cinqüenta. E sabia explorar seu tipo galã grisalho e bronzeado. Com as mechas brancas nos devidos lugares.

E imediatamente se sentiu impregnada com o cheiro de homem. De macho. Essa mistura difícil de descrever, fusão de pele, *Carolina Herrera for men* e sexo. Uma sensação que remetia a anos atrás. Quase dois anos sem nada parecido.

Apoiou a cabeça na almofada que ele havia usado e pareceu entorpecer-se. Abraçou-a e deixou a respiração acalmar enquanto sentia, de vez em quando, seu delicioso, excitante cheiro.

"Se você quiser, da próxima vez fico para dormir", havia lhe dito antes de ir embora.

Só de pensar nisso a invadia uma elétrica euforia, do fundo de suas entranhas que ainda sentiam um calor esquecido. Imaginou fazer amor à noite e pela manhã, o café da manhã, o cheiro dele outra vez na casa.

Fechou os olhos e foi dormir enquanto pensava que, mesmo ele tendo desaparecido como quase todos os outros, ia lhe ser grata até o fim de seus dias por havê-la feito desfrutar e se sentir tão mulher de novo.

Diálogo não escutado mas provável

"Carlos nunca percebe o que quero".

"Você pede?".

"Não. Se ele gosta de mim tem que perceber".

"???".

"Porque se não percebe me sinto mal. E se peço o que quero é ele quem se sente mal"[28].

Nós necessitamos de palavras e eles de ação. Quem teria planejado as coisas?

"Quando você os conhece são amáveis, divertidos, carinhosos", diz Marta. "Depois parece que se esquecem de tudo e levam você para a cama como os homens do tempo das cavernas".

Somos diferentes biologicamente, mas parece-me que nos separaram mais do que o necessário (se é que era necessário termos sido separados). Resultado: na hora da verdade ainda estamos sozinhos, assustados, inseguros e carentes. Chegamos a um desencontro estrutural e ninguém nos ajuda a esclarecer as coisas. Saber que o problema é social e geral não acalma nada os nossos nervos.

---

[28] Este tema foi muito bem desenvolvido em *Mulheres, a sexualidade secreta*, P. Politzer e E. Weinstein, Ed. Sudamericana Chilena, S. de Chile, 1999.

OUTRA VEZ GABO

Então ele o explicou a sério, com seu método magistral, enquanto lhe carregava a mão pelos lugares que mencionava, e ela a deixava entregue com uma obediência de aluna exemplar. Ele sugeriu num momento propício que tudo aquilo era mais fácil com a luz acesa. Ia acendê-la, mas ela lhe deteve o braço, dizendo: "Eu vejo melhor com as mãos". Na realidade queria acender a luz, mas queria fazê-lo ela própria e não recebendo ordens, e assim foi. Ele a viu então em posição fetal, e além do mais coberta com o lençol, sob a claridade repentina. Mas viu-a agarrar outra vez sem afetações o animal da sua curiosidade, virou-o do direito ao avesso, observou-o com um interesse que já começava a parecer mais do que científico, e disse em conclusão: "Para lá de feio, mais feio que o das mulheres". Ele concordou, e assinalou outros inconvenientes mais graves que a feiúra. Disse: "É como o filho mais velho, a gente passa a vida trabalhando para ele, sacrificando tudo por ele, e na hora da verdade acaba fazendo o que lhe dá na veneta". Ela continuou a examiná-lo, perguntando para que servia isso, e para que servia aquilo, e quando se considerou bem informada sopesou-o com ambas as mãos, como para concluir que nem pelo peso valia a pena, e o deixou cair com um muxoxo de menosprezo.

– Além de tudo, acho que tem muita coisa de sobra – disse[29].

FÓRMULA DE RESGATE

Ajuda ter algum amigo de muitos anos para falar de nossas aflições. Ou para escutá-lo. Nós o mantemos por perto e ele nos acompanha em casamentos para que não nos suicidemos por termos que dançar com outras mulheres. Ou nos

---

[29] *El amor en los tiempos del cólera,* Gabriel García Márquez, E. Sudamericana, Buenos Aires, 1985 [Trecho retirado da versão em português publicada pela Editora Record, 1985 (NT)].

dá uma opinião masculina sobre determinados temas. Dá resultado. Inclusive podemos ter mais de um porque o excesso não é prejudicial à saúde, porque é tranqüilizador saber que se pode clicar nos favoritos. Mais ainda, é particularmente útil ter um à mão quando baixa uma nuvem e nos embaça a alma. Ou seja, quando nos sentimos sós. O que nos leva ao não muito agradável tema da solidão.

Solidão. Quantos crimes são cometidos em seu nome!

Cuidado. Uma parte do problema é que você começará a se acostumar a andar sozinha. Pode acontecer o que aconteceu com Marta que, de tanto andar sozinha sem um cavalheiro ao seu lado, quase mata um cara maravilhoso, que a tinha convidado para sair, batendo-lhe com a porta quando o coitado se apressou em abri-la.

A solidão deveria ser um direito, uma necessidade, um luxo. Tudo bem, até que chega o sábado à noite e você está em casa e ninguém a convida para sair.

Há outros lugares especiais para se sentir muito sozinha, como as festas de casamento, as viagens de navio, a praia numa noite enluarada, o pôr-do-sol.

Eles também estão tristes, nos mesmos dias, nas mesmas horas, mas em suas casas. Não nos encontramos. E todos nós acabamos por sentir que estamos freqüentando os lugares errados. E nos cansamos de tentar novamente.

"E supunha-se que você iria escrever um livro divertido", lembra-me Carlota.

"Sim, tem razão", respondo, "mas neste momento não me ocorre nada divertido".

Breve enumeração dos casos em que se sente saudade do marido

(Isto pode acontecer, já que em determinadas situações um marido é útil).

- Quando você tem que abrir uma garrafa de vinho ou um pote fechado a vácuo (e o porteiro do prédio já foi embora).
- Quando não está com vontade de voltar sozinha e já é tarde da noite.
- Quando chove torrencialmente e o estacionamento fica a três quarteirões.
- Quando fica sem conhecer um cara interessante durante vários meses, anos, séculos.
- Quando ninguém lhe pergunta o que tem para comer.
- Quando ninguém faz negócios, compras, pagamentos por você.
- Quando tem que matar uma barata.

Enumeração nem tão breve dos casos em que não se sente saudade do marido

- Quando você fica na reunião até a hora que lhe dá vontade.
- Quando regula o vento do ventilador ou a temperatura do ar condicionado conforme a sua preferência.
- Quando o banheiro permanece exatamente como você o deixou.
- Quando ninguém lhe pergunta onde estão as coisas que sempre estão no mesmo lugar.
- Quando ninguém lhe pergunta onde estava, por que chegou tão tarde ou o que há para comer.

- Quando você pode cortar ou pintar o cabelo do jeito que gosta.
- Quando dirige o carro e pode parar para tirar fotos cada vez que tiver vontade.
- Quando ninguém está assistindo ao jogo de futebol no momento em que você quer ver o filme com Robert Redford.
- Cada vez que você se encontra com suas amigas a qualquer hora.
- Cada vez que vai com elas assistir a um filme romântico.
- Cada vez que conhece um cara interessante.
- Quando ninguém acorda você com seus roncos (sempre que o cara interessante não ronque).
- Quando ninguém lhe tira a coberta ao ficar se virando na cama.
- Quando ninguém joga a roupa usada no chão.
- Quando ninguém deixa o tampo do vaso sanitário levantado.
- Quando ninguém deixa o rolo de papel higiênico vazio sem trocá-lo.
- Quando ninguém deixa os jornais espalhados no chão ao redor da cama.
- Quando ninguém reclama da comida.
- Quando ninguém lhe conta a mesma coisa cem vezes.
- Quando ninguém lhe diz que não gosta da sua roupa ou da sua maquiagem.
- Quando um homem que acaba de conhecer admira você e a faz se sentir uma deusa.

"Você sente prazer ao se lembrar do seu casamento?".

"Sim, é o mesmo que se lembrar da cinta quando acabo de tirá-la".

Como estamos

Farto de estar farto, já me cansei de perguntar ao mundo por que e por quê. Deixai-me em paz".*

Joan Manuel Serrat

Como estamos? Cansadas, mesmo as de vinte e cinco.

Há alguns dias, conversando com duas garotas muito jovens, contei-lhes que não sabia o que fazer com um homem de quem eu gosto, mas não o bastante para ficar com ele, e não tão pouco para que desapareça da minha vida; ou seja, o bastante para ser amigo mas não o bastante para ser namorado, entendem?

Sabe o que me respondeu uma delas, que tinha menos de trinta anos? "Use-o, use-o, não seja boba, para que complicar tanto se eles fazem o mesmo. Use-o".

Juro que me senti como se pertencesse à Era Terciária.

Porque nada foi como nos disseram. O mundo mudou e já não adianta mais sermos garotas tranqüilas e comportadas para competir com estas feras que desabrocham aos catorze anos. Que seduzem os homens que deveriam estar deixando-se seduzir por nós. E que funciona porque elas não querem compromisso e eles tampouco.

Por que será que é tão difícil admitir que algumas coisas simples e definitivamente não têm solução?

Melhor registrar e arquivar.

---

* Harto ya de estar harto, ya me cansé/ de preguntarle / al mundo por qué y por qué. Dejadme en paz*.

As gerações anteriores passaram boa parte da vida no Leito de Procusto[30] (ainda que muitas vezes sob a forma disfarçada de uma cama *king size).* A geração atual parece ter camas descartáveis. Casam-se e descasam com uma facilidade invejável. Primeiro moram junto e assim que casam separam-se imediatamente. Ou seja, casam-se para poderem se separar.

Da mesma maneira me causam inveja porque sabem ser mais livres que nós, pedem o que querem e exigem o que merecem. Possivelmente, em termos de pura hipocrisia, as coisas tenham melhorado. Mas a situação pode ser bem definida com uma palavrinha alemã deliciosa: *Schlimmbesserung*. Uma melhoria que piora as coisas.

Eu, como diz Woody Allen, na realidade não tenho grandes problemas. Somente pequenos problemas que arruinam imensamente minha vida. Deveria interromper para ler o horóscopo e ver se alguma coisa vai mudar nos próximos dias.

Para saber, por exemplo, se vai aparecer um grande amor, de verdade como os de Romeu e Julieta, Abelardo e Eloísa, Mimi e Rodolfo, Violeta e Alfredo.

Será que é bom hoje tudo ser tão imediato, tão fugaz?

Imagino Germont, pai de Alfredo, indo à televisão para denunciar seu filho em um *talk-show*. Tema: "Meu filho com uma mulher de quem não gosto". Ou Mimi anunciando sua internação em Córdoba para se recuperar antes de voltar a procurar Rodolfo.

---

[30] Procusto, bandido mitológico que, para assaltar os viajantes, recostava-os em dois leitos de tamanhos diferentes. Para adaptá-los, cortava os pés dos mais altos e esticava violentamente os pés dos mais baixos.

Ou Montecchios e Capuletos declarando para a entrevistadora: "Reconhecemos o direito dos meninos de serem felizes, acontece que são muito jovens".

É todo um tema, a idade.

Mais velhos ou mais jovens?

Eu saía do banco. Correndo, como sempre, quando ele se aproximou de mim e perguntou, sorridente, se eu queria tomar um café. Despertou-me muita ternura aquele senhor de oitenta anos bem vividos.

> "Você ia escrever 'velhinho'", sustenta Carlota. "Sim, creio que sim", admito.

Sempre lamentei não ter aceito. O que são os preconceitos. "Não podíamos ser amigos?", perguntei-me muitas vezes depois. E queria agradecer-lhe porque fez bem ao meu ego. Até que eu reagi e me dei conta de que eu era para ele o mesmo que as de trinta para os de sessenta. Entende a equação?

Mas me fez pensar "Por que não?" se também gostaria de apalpar carnes firmes, cabelos volumosos, barriga lisa.

Confissão

Sei que tudo vai ser usado contra mim e que não poderei me refugiar na quinta emenda.

Sim, saí com alguém mais jovem. Muito mais jovem.

Um doce, atento, carinhoso, educado. Ficou louco por mim desde que me viu. Convidou-me para jantar e para um boliche depois. Tecno, cheio de jovens e com um barulho horrível. E, sem o menor constrangimento, começou a me agarrar próximo ao balcão na frente de um *barman* que, devo reconhecer, conseguia parecer indiferente com muita eficiência.

Minutos antes de me perguntar o que fazia ali, nessa situação absurda, deixei "rolar". E não pude controlar o riso. Porque tudo, tudo me parecia ridículo. Diante dos meus olhos desfilavam todos os personagens que aparecem nas revistas declarando que se amam e que a diferença de idade não é problema.

Confesso, não vivi isso. Não soube o que fazer; porque não pude evitar de imaginar o que seus amigos iriam pensar se nos vissem. E os meus. Também "rolou" no carro, quando me trouxe para casa, e fiquei pensando que o vigia da noite deveria estar fazendo uma festa através dos vidros.

Conclusão, creio que perdi um cara maravilhoso por insegurança, timidez ou falta de uma língua comum. Em parte porque com alguém tão jovem ficou difícil não agir como mãe.

Nem sequer consegui escutá-lo dizer: "Se já saí com mulheres quinze anos mais novas do que eu, por que não poderia sair com você?".

Comigo não, tá? Ainda que esteja na moda, não entro nessa. Ter sobrevivido à longa, prolongada, interminável adolescência de meus filhos para entrar em relações com um adolescente que procura uma mãe porque não consegue sair de sua longa, prolongada, interminável adolescência? Não. Juro que não.

Estou fora.

"Então onde está o limite, a linha divisória?", pergunta Carlota.

"Ah!", respondo, "deve estar na casa dos dez anos mais ou menos. Acima ou abaixo".

Ainda que não me pareça justo.

Conosco, quero dizer. Porque se acontecer de um senhor sair com sua secretária vinte anos mais nova ainda é bem visto. É um cara esperto, vivo, "Era de se esperar, com essa mulher insuportável que tinha", dirão seus amigos, machos.

Se uma senhora faz o mesmo é quase uma puta, uma vagabunda. "Olha o que fez com o pobre Carlos?", dirão os amigos dele, machos, claro.

Diz Marta: "Eu queria um homem jovem de corpo e alma, que me amasse aos poucos, com calma, suave e fogoso. Preferencialmente monogâmico por natureza, como eu[31]. Que me

---

31 "O homem era poligâmico por natureza e culturalmente monogâmico e, desde que não fizesse algo escandaloso, tinha permissão para brincar na rua, como os meninos".// "Sempre dentro das regras a mulher é monogâmica por sua condição biológica e pode ser culturalmente poligâmica ", Horacio de Dios, *Hoy infidelidad hoy*, La Nación, 18/07/91.

olhe e me veja. Que me ouça e me escute. Que me conforte quando estiver triste ou quando os meus pés doerem, porque eu o compreenderei quando ele sentir que *algo* não está funcionando como ele queria".

"Quando diz *algo* está se referindo a *isso*?", pergunta Carlota.
"Sim, acredito que sim, isso".

"Que não lhe incomode em nada se os meus peitos não estiverem tão firmes quanto aqueles das de vinte que olha na rua, porque eu mostrarei tudo o que aprendi a fazer com eles em muitas noites dos últimos trinta anos".

"Um homem sempre pronto, como um bom *boy scout**, para as emergências emocionais e afetivas. Que me abrace nos dias em que sinto que vou ficar triste para sempre".

Mas, do jeito que as coisas estão, parece que é pedir muito.

"Ainda restam outros temas?", pergunta Carlota.
"Sim, não falamos ainda do que é quase ideal. Entremos no tema".

Descrição de uma situação quase ideal: companheiros que não moram juntos

Existe uma fórmula que muitas mulheres acima dos quarenta vêem com entusiasmo.

Talvez fosse mais fácil de explicar se encontrássemos um amuleto, como os que as mulheres africanas usam para sinalizar se são casadas ou solteiras, que explicasse nosso estado civil e ideológico. Eu procuraria um amuleto que significasse:

* Escoteiro. (NT)

não quero me casar nem em três meses nem em seis, ou melhor, nunca. Procuro alguém que seja companheiro e que me queira para acompanhá-lo e amá-lo sem que o desgaste nos separe. Ou seja, cada um em sua casa para que continuemos a estar livres... da rotina e dos danos causados pela convivência.

Na medida do possível, regidos por um acordo explícito que, se deu certo para Sartre e Beauvoir, também pode dar certo conosco.

É bom que o homem fique sozinho. Ele, com suas manias para lá e você, com as suas para cá. São seus, sem compromisso de horário, os banhos, os calmantes, os chocolates, o controle remoto, o computador, a vontade ou não de comer, vontade ou não de dormir.

E aí, então, ir pura e simplesmente se encontrar com o namorado, nada mais.

Do pó vieste, ao pó retornarás. Mas apaixonado[32].

"Você está saindo do contexto", diz Carlota.

"Por quê?", respondo sem entender.

EXEMPLO DE CONTRATO

Comparecem, de uma parte, Fulano de tal, com pânico de casamento, doravante chamado de O Candidato. Da outra parte, Sicrana, desesperada por ter que abandonar sua solidão, doravante A Candidata.

E declaram que: já cansados de ficar procurando amores impossíveis e/ou de encontrar permanentemente relações descartáveis decidem iniciar uma relação do tipo morar em casas separadas, doravante C.S.

[32] Quevedo, poeta espanhol.

Ambos assinantes declaram que este contrato subscreve-se somente a fim de evitar o desgaste originado pelo cotidiano de determinadas doenças que estão enumeradas no apêndice Nº 1.

A relação derivada deste contrato será regida pelas seguintes cláusulas:

a. Cada um dos assinantes abaixo continuará vivendo em seu domicílio fixo até que, eventualmente, chegue o dia em que decidam o contrário.

b. Ambos poderão permanecer, alternadamente, na moradia do outro por um período máximo de um fim de semana sem necessidade de modificar nenhuma cláusula deste contrato.

c. No caso previsível de que um dos dois assinantes (ou os dois) chegue a se cansar de ficar para lá e para cá com sua maleta, deverão cumprir um prazo obrigatório de teste de convivência prolongada durante um período completo de férias ou uma viagem com uma distância superior a 400 km do lugar da residência fixa.

d. Cumprindo-se o que foi especificado na cláusula c os assinantes poderão decidir se vivem juntos e/ou se casam. Nesse momento, ambas as partes deverão se comprometer a lembrar que "o casamento é a maior causa de divórcio"[33]. Esta cláusula exige consenso total e absoluto entre o Candidato e a Candidata perante testemunhas. Caso contrário, não terá nenhuma validade.

e. Ainda que a cláusula d deste contrato não tiver sido cumprida, os assinantes deverão se comprometer a satisfazer as necessidades afetivas e emocionais da outra parte com exclusividade.

Como prova de consentimento serão assinados dois documentos no dia... do mês... do ano de...

---

[33] Groucho Marx.

"Antes de você decidir morar junto seria conveniente observar se Carlos combina com tudo que você tem em sua casa".

Epílogo

Obnubilado pela raiva não imaginava que, como me ocorreu muitas vezes na vida, obteria tudo aquilo que quisesse no momento em que cessasse de pedi-lo[34]*.
Vittorio Segre

O que é que procuramos, esperamos, queremos, desejamos?

Na realidade, não sabemos. Temos dúvidas. Tipicamente feminino.

Mas como encontrei esta situação descrita claramente no jornal, copiei-a para que saiba, mais uma vez, que muitas se sentem da mesma maneira.

Como disse sombriamente aquele homem original chamado Freud: "Meu Deus! o que querem as mulheres?". Quando trabalhávamos na colheita queríamos caçadores. Depois quisemos médicos e advogados limpos e bem vestidos em vez de machos primitivamente peludos e semidesnudos. Na década de 60 reivindicamos a equiparação salarial, a cogestão e as aventuras sexuais sem repressão. Logo

---

34 Memórias de un judío afortunado, *Vittorio Segre, Ed. Gedisa, Buenos Aires, 1989.*

* Obnubilado por la rabia no imaginaba que,/ como me ocorrió muchas veces en la vida,/ obtendría todo aquello que quería/ en el momento en que cesaba de pedirlo

depois quisemos pais maternais que dividissem a responsabilidade de criar os filhos, trocassem as fraldas e fizessem as compras, quer dizer, um maridão estilo Alan Alda.

Agora que feminizamos a sociedade e domesticamos nossos homens obrigando-os a assistir competições de patinação olímpica e escolher moldes para as estampas de Martha Stewart, adivinhem o que queremos realmente?*

Vaqueiros. Sim. Homens bem fornidos, rudes, com o corpo definido, que não saibam distinguir um Flaubert de um Fauré, nem o Rei Lear do Rei Leão[35].

Afinal, o que queremos?

Eu não sou a pessoa mais indicada, como já disse, e menos ainda depois de tudo que venho expondo, para tirar conclusões. Nem para dar conselhos, ainda que me agrade.

Parece-me, sem dúvida, que procuramos alguém com quem se possa começar do zero. Queremos amor, sexo, respeito. Mas não sob uma ditadura. Homens fortes que nos protejam mas que não nos controlem e nos deixem viver. Também homens calorosos, emotivos, sensíveis, mas que não sejam uns debilóides incapazes de tomar uma decisão e que fiquem a nosso reboque.

Uma coisa é certa: para se ter um H.I. a solução é ter dois homens, como Dona Flor. Isto, certamente, explicaria porque não os encontramos.

Se você vai a uma banca de jornal e observa o que é oferecido, notará que para as mulheres existem umas trinta revistas sobre trabalhos manuais, culinária e moda, mas que também estão repletas de conselhos sobre como lidar com os homens.

---

* Martha Stewart é uma mulher que ensina trabalhos manuais nos EUA. (NT)

[35] *La bella e la bestia*, Maureen Dowd, La Nación, 6/05/99.

Mas para os homens só são vendidas revistas sobre esportes, economia, política, mecânica, informática. Aparentemente, quando querem dizer-lhes alguma coisa pessoal oferecem revistas com mulheres nuas. Isto é algo bastante pessoal, mas não os ajuda a entender a vida. De onde tiram estes conselhos tão úteis que nos dão? Como podem tomar conhecimento do que as mulheres pensam se, por uma questão de característica da espécie, quase nunca escutam o que dizem a eles?

"O que podemos fazer a este respeito?", pergunta, nervosa, Carlota.

"Incorporar o valiosíssimo aporte sobre uma melhor relação entre os sexos", respondo.

Dica indispensável para ficar guardada no bolso do cavalheiro

(Ou seja, do que não gostamos, se não se importam que digamos).

Em troca, pedimos que nos digam onde estão. Isto implica sair á luz do dia. Prometemos que, quando chegar o feliz dia em que os vejamos circular pelas ruas, como nós, não pensaremos que são gays ou incapazes de conquistar uma mulher.

Nós, mulheres, gostamos que:

- Não controlem a nossa vida, mas que decidam os pequenos detalhes.
- Elogiem-nos, abracem-nos, confortem-nos.
- Convidem-nos para passear, caminhar, comer.
- Acolham-nos, presenteiem-nos com flores, digam que nos amam.
- Comprem entradas para o cinema sem nos perguntar.
- Contem-nos seus segredos. Porque, de qualquer maneira, sabemos que os têm.
- Telefonem depois de uma saída, de um café até as quatro da manhã ou de uma noite de amor.
- Nos deixem paparicá-los porque gostamos de saber que alguém está nos esperando para isso.
- Nos digam que somos lindas.
- Comecem sendo amigos para que ver o que acontece, sem poréns nem dúvidas.
- Tenham atitudes românticas. Nós escutamos Alberto Cortés quando canta "Te llegará una rosa cada día/ Que medie una distancia entre nosotros..."*.

* "A cada dia chegará para você uma rosa/ para amenizar a distância entre nós... ". (NT)

- Escutem o que nos aconteceu num dia ruim.
- Esquentem-nos com seu casaco.
- Entendam que estamos todos igualmente sozinhos e que é hora de deixar de rodeios.
- Nos dêem uma boa vida. A vida normal já nos damos nós mesmas. Ajeitamo-nos muito bem trabalhando bastante.

"Poderia esclarecer o que é uma boa vida", sugere Carlota.

"Sim, as excentricidades como as rosas (ou existe algo mais deprimente do que comprar rosas para si mesma, pergunto eu que amo ter a casa repleta de flores), ou perfumes para serem usados com eles, os mimos especiais, uau! E no emocional, o abraço, a sensação de que pensam em nós e de que compartilham sobretudo nossas alegrias. Porque a tristeza bancamos sozinhas, na cama e com a cabeça coberta", respondo verborrágica.

- Sejam generosos. Porque muitas, mas muitas, muitas aprenderam que quase sempre o homem que é generoso no nível material também o é nos sentimentos. E um dos lugares onde a generosidade brilha com mais intensidade é... na cama.
- Respeitem-nos, mas sem exageros. Só não sei como sugerir uma medida justa.
- Perguntem-nos pelos filhos e/ou pelos netos (ainda que tenham que agüentar ficar olhando fotos).
- Chorem porque nos parece terno, humano. Ainda que já saibamos que as mulheres choram melhor.
- Não nos tratem como se fôssemos sempre fortes. Parecemos fortes de tanto tentarmos ser como eles.
- Conversem antes e depois.
- Saibam se divertir.
- Não se utilizem mais do modelo "Eu Tarzã – Você Jane". Isso funcionava quando se almoçava elefante.

- Gostem de nós ainda que não entendamos nada de futebol.
- Deixem-nos olhar vitrines. Para nós isso é sair para caminhar.
- Façam-nos sentir pelo menos o aroma do compromisso.

"Mas o que eles menos querem é o compromisso", insiste Carlota. "É o que escutei Moria dizer no programa de Mirtha[36]".

"Ela também disse isso?", pergunto espantada.

Querida leitora: pegue um pedaço de papel. Não é para fazer nenhum teste escrito, mas para que faça a sua própria lista. Para que veja, preto no branco, quais são as suas prioridades, gostos ou exigências básicas, o que é negociável e o que não é.

Há quanto tempo você não parava para pensar que coisas você quer, dado que é a única que sabe onde lhe apertam os calos?

No que se refere a mim, ninguém havia sugerido algo tão simples.

SIMPLES ANOTAÇÕES PARA FICAREM GUARDADAS NA CARTEIRA DA MULHER

De uma rápida pesquisa caseira tirei umas poucas conclusões elementares do que acontece com eles.

- Têm medo de rejeição (da mesma maneira que nós, uai!).
- É difícil para eles nos entenderem (não sei por que, se somos tão claras).

---

36 Moria Cazán, atriz argentina. Mirtha Legrand, atriz e apresentadora de televisão de programas de culinária.

- Não gostam de contar o que está acontecendo nem mostrar suas emoções (nada de novo, *sorry*).
- Gostam de tomar a iniciativa (principalmente no plano horizontal).
- Nós, meninas, acreditamos que podemos ser amigos, os meninos não. Ainda que, como já dissemos, amigos demais também não dá certo; os que se classificam para esta categoria não saem nunca mais.
- Não gostam de deixar recados na secretária eletrônica.
- Não reparam nos detalhes que para nós são fundamentais.
- O amor para eles não é um caso de vida ou morte como para nós.

Não é fácil decodificar as novas relações. Sabemos que precisamos um do outro e não descobrimos onde nos encontrarmos.

Apêndice ineludível com um final *Allegro ma non troppo*

Ainda estou aprendendo.
Lema de Michelângelo Buonarroti

Diga-me, você acreditava realmente que eu iria lhe dar uma solução, uma fórmula?

Não, meu amor, isto não é um manual prático. É um estudo filosófico e sociológico, um aporte profundo para esclarecer as idéias. Não sei de quem. As minhas certamente que não, já que estou mais ou menos igual a quando escrevi a primeira página deste livro.

Mas mantenho o otimismo.

E termino por aqui mesmo porque estou saindo mais uma vez para tentar encontrar o homem da minha vida. Para ver se ocorre esse momento de magia, esse algo a mais no olhar, essa mesma freqüência inconfundível que não é nem AM nem FM. Alguém a quem dizer: *Si te quiero es porque sos/ mi amor, mi cómplice y todo/ y en la calle codo a codo/ somos mucho más que dos*[37]*.

É isso aí, desta vez vou com todas as dicas na carteira.

"Tchau", disse, lacônica, Carlota.

"Tchau", respondo.

---

[37] "Te quiero", em *Antología poética*, Mario Benedetti, Ed. Sudamericana, Buenos Aires, 2000.

* "Se te amo é porque és/ meu amor, minha cúmplice e tudo/ e na rua lado a lado/ somos muito mais que dois". (NT)

A seguir você encontra algumas páginas em branco para que escreva sua própria dica, única e pessoal. Ou a lista de pré-requisitos que espera encontrar no homem da sua vida quando aparecer. Ou a lista de filmes que quer alugar para o sábado à noite caso não apareça.

❤ ....
❤ ....
❤ ....
❤ ....
❤ ....
❤ ....
❤ ....
❤ ....
❤ ....
❤ ....
❤ ....
❤ ....
❤ ....
❤ ....
❤ ....
❤ ....
❤ ....
❤ ....
❤ ....
❤ ....
❤ ....
❤ ....
❤ ....
❤ ....
❤ ....
❤ ....
❤ ....

Se você quiser se comunicar com Daniela Di Segni
pode mandar um e-mail para disegni@tutopia.com

Companhia de Freud editora

OBRAS PUBLICADAS

Psicanálise e Tempo
Erik Porge

Psicanálise e Análise do Discurso
Nina Leite

Letra a Letra
Jean Allouch

Mal-Estar na Procriação
Marie-Magdeleine Chatel

Marguerite ou "A Aimée" de Lacan
Jean Allouch

Revista Internacional nº 1
A Clínica Lacaniana

A Criança na Clínica Psicanalítica
Angela Vorcaro

A Feminilidade Velada
Philippe Julien

O Discurso Melancólico
Marie-Claude Lambotte

A Etificação da Psicanálise
Jean Allouch

Roubo de Idéias?
Erik Porge

Os Nomes do Pai em Jacques Lacan
Erik Porge

Revista Internacional nº 2
A Histeria

Anorexia mental, ascese, mística
Éric Bidaud

Hitler – A Tirania e a Psicanálise
Jean-Gérard Bursztein

Littoral
A Criança e o Psicanalista

O Amor ao Avesso
Gérard Pommier

Paixões do Ser
Sandra Dias

A Ficção do Si Mesmo
Ana Maria Medeiros da Costa

As Construções do Universal
Monique David-Ménard

Littoral
Luto de Criança

Trata-se uma Criança – Tomos I e II
Congresso Internacional de Psicanálise e suas Conexões – Vários

O Adolescente e o Psicanalista
Jean-Jacques Rassial

— Alô, Lacan?
— É claro que não.
Jean Allouch

A Crise de Adolescência
Octave Mannoni e outros

O Adolescente na Psicanálise
Raymond Cahn

A Morte e o Imaginário na Adolescência
Silvia Tubert

Invocações
Alain Didier-Weill

Um Percurso em Psicanálise com Lacan
Taciana de Melo Mafra

A Fantasia da Eleição Divina
Sergio Becker

Lacan e o Espelho Sofiânico de Boehme
Dany-Robert Dufour

O Adolescente e a Modernidade – Tomos I, II e III
Congresso Internacional de Psicanálise e suas Conexões – Vários

A Hora do Chá na Casa dos Pendlebury
Alain Didier-Weill

W. R. Bion – Novas Leituras
Arnaldo Chuster

Crianças na Psicanálise
Angela Vorcaro

O Sorriso da Gioconda
Catherine Mathelin

As Psicoses
Philippe Julien

O Olhar e a Voz
Paul-Laurent Assoun

Um Jeito de Poeta
Luís Mauro Caetano da Rosa

Estética da Melancolia
Marie-Claude Lambotte

O Desejo do Psicanalista
Diana S. Rabinovich

Os Mistérios da Trindade
Dany-Robert Dufour

A Equação do Sonhos
Gisèle Chaboudez

Abandonarás teu Pai e tua Mãe
Philippe Julien

A Estrutura na Obra Lacaniana
Taciana de Melo Mafra

Elissa Rhaís
Paul Tabet

Ciúmes
Denise Lachaud

Trilhamentos do Feminino
Jerzuí Tomaz

Gostar de Mulheres
Autores diversos

Os Errantes da Carne
Jean-Pierre Winter

As Intervenções do Analista
Isidoro Vegh

Adolescência e Psicose
Edson Saggese

O Sujeito em Estado Limite
Jean-Jacques Rassial

O que Acontece no Ato Analítico?
Roberto Harari

A Clínica da Identificação
Clara Cruglak

A Escritura Psicótica
Marcelo Muniz Freire

Os Discursos e a Cura
Isidoro Vegh

Procuro o Homem da Minha Vida
Daniela Di Segni

A Criança Adotiva
Nazir Hamad

Littoral
O Pai

O Transsexualismo
Henry Frignet

Psicose, Perversão, Neurose
Philippe Julien

Como se chama James Joyce?
Roberto Harari

A psicanálise: dos princípios
ético-estéticos à clinica
W.R. Bion – Novas Leituras

O significante, a letra e o objeto
Charles Melman

O complexo de Jocasta
Marie-Christine Laznik

O Homem sem Gravidade
Charles Melman

O desejo da escrita em Ítalo Calvino
Rita de Cássia Maia e Silva Costa

O Dia em que Lacan me Adotou
Gérard Haddad

Mulheres de 50
Daniela Di Segni e Hilda V. Levy

A Transferência
Taciana de Melo Mafra

Clínica da Pulsão
Diana S. Rabinovich

Os discursos na psicanálise
Aurélio Souza

Littoral
O conhecimento paranóico

Revista Dizer - 14
A medicalização da dor

Neurose Obssessiva
Charles Melman

A Erótica do Luto
Jean Allouch